自分を二度産みなおした女

原著 小林秀子
文 竹村香津子

同時代社

自分を二度産みなおした女／目次

第一章　生いたち —— 7

身延線鰍《かじか》沢《ざわ》　7

母の出奔《しゅっぽん》　13

父の再々婚と小学校中退　25

背中にいつも赤ん坊　29

親よりも　38

撃たれる！　45

父との訣別　54

第二章　上　京 —— 67

幻　想　67

きれいな着物の意味　70

わ　な　79

駆け落ち　83

黒のタイトに真知子巻き　88
脱　出　97

第三章　踊り場――103
入院中に稼ぐ方法　103
ボクサー　110
「パパ」、「ママ」との出会い　118
後ろ姿　120
三畳一間の新婚生活　125
「逆徒」の弁護士の息子　132
兆　候　138
張り詰めている妻　151
酒に飲まれる夫　158
ぬれぎぬ　165
どこかの橋の下　171

第四章　不休《ふきゅう》――179

夜間中学へ　179
飛　躍　190
二度目の中退　198
前払い　204

あとがきに代えて――竹村香津子　209

第一章　生いたち

身延線鰍沢《かじかざわ》

十何年か前、六十歳前後のときだったと思います。勤め先のある人の姪御さんが女優になりたてで、初めて映画に出たというので、みんなで歌舞伎町の映画館に観に行ったことがありました。

　十代、二十代の女の子たちが、これぱかりはどの店も隠しようがない、生ゴミのすえたような臭《にお》いのしている通りを肩を露わにして歩いていました、ボーイフレンドと手をつないで、また二、三人女の子だけで。

――ああわたしはあんな風に自分の美しさを無鉄砲に誰にでも見せつけたい年頃に、夏でもいつも長袖を着て腕を隠していなければならなかったのだった。若い人たちにも覚醒剤や麻薬が随分広がっているという。もっとも今は吸ったり飲んだりと、注射以外の腕に跡がつかないやり方もたくさんあるらしいけれど。

　わたしには危なっかしい女の子を嗅ぎ分ける特別の勘が働くのです。それから街を歩いている無数の男の中でどの男がそういう子を狙っているのかも。人一倍に。それでそんな女の子を見つけると、駆《か》け寄っていって両肩を揺すりたくなるのです、そしてこう言いたくなるのです。

「だからいいってもんじゃない。跡が残るかどうかってことだけじゃないのよ。だめ。絶対だめなのよ。一回だけっていうのがだめなの。試すだけっていうのもだめ。それだけでもうやめられなくなる、ほんとに、よほどのことがなければね。ねえ、しっかりしてよ。自分を大事にしなさいよ」

　あまり好きではない歌舞伎町辺りにつきあいで出かけると、わたしはいつもこうなのです。その日もそんな風に思いながら歩いていて、わたし自身が不意をつかれたかっこうでした。

　わたしより少し上かと見えた男が、真っ直ぐわたしに向かって近づいてきます。普通はすれ違おうとする相手にぶつからないように距離をとるはず。変だと思った瞬間でした。

「ちょっとお茶でも飲んでいきませんか」

「今誘われちゃったわよ」

　そうみんなに言ったのは、たとえばショー・ウインドウを見て「あら素敵なバッグね」などと言うのと同じ、話が途切れた間《ま》を埋める、話題ともつかない話題のつもりでした。が、単純に聞き流さなかった人がいました。隣を歩いていた中沢さんでした。

「あら、小林さん（わたしの苗字）が?」

あたしの方が若いのに。あたしの方が女としての魅力に欠けるっていうわけ？　こんな台詞《せりふ》が咽喉元まで出かかっていて、さすがに口に出してはみっともないとわかっている中沢さんがそれを抑えているのがわたしには直ぐわかりました。

「いやあね、からかったんだね、いやだ」

わたしはあわててこう付け加えて、中沢さんがわたしに向けているちょっとした敵愾心《てきがいしん》の矢を吹き飛ばそうとしました。

中沢さんよりわたしの方が造りが多少いいと、仮に中沢さんが思っていたとしても、それが中沢さんとわたしの年齢差を補って余りあるほどだとは、中沢さんには認め難かったのだろうと思います。それに同じ人でも、同性が見るのと異性が見るのとでは違って見えることも多いでしょう。が、こんなややこしい説明を歩きながらしようにも無理なことでした。わたしはただ迷惑がって見せることで、中沢さんの憤懣《ふんまん》を鎮《しず》めるしかないのでした。

わたしに取りつく島もないのを見てとって、すーっと行ってしまったその男の一言、そしてその男がたまたまわたしの直ぐ横を歩いていた中沢さんでなく当然のようにわたしを選んだこと。それで胸中に小波《さざなみ》を立てられたのは、でも、実は中沢さんではなくて寧《むし》ろわたしの方だったのでした。

同じことが起こっても、順風できた同年輩の女の人だったら、内心ちょっと自慢に思うこともあっておかしくありません。あら、あたし魅力的なんだわ。そうでなくて、誘い易い隙《すき》があるのかしらと自戒する人もあるでしょうか。が、隙というもの以上の言わば異性に対する引力。そんなものがわたしの立居振舞《たちいふるまい》にいまだに残っているのだとしたら?

わたしは過ぎたことにこだわらない方です。だから、こんな微妙な同僚との間の心理的なもつれとか、ちょっとした不安を長く憶えているのは珍しいことなのです。

この小さなできごとの直前に会社のみんなと食事をしているときでした。誰かが富士山に登るというような話の流れだったと思います。あとでも述べますように、当時、わたしはその会社の社員として働いていました。

「デコちゃん、山梨の出でしょ。身延線の鰍沢《かじかざわ》って駅ね、ぼくも何度か通ったんだけど、通る度に圓朝の三題噺《さんだいばなし》を思い出してねえ。三題ってのが卵酒と後二つが何だったかなあ」

社長がこんな前置きで、その地名がそのまま題になっている落語の筋を話し始めました。

「身延山、日蓮宗の総本山だけどさ、その身延詣《もう》での旅人が鰍沢の山ん中で道に迷ったっていうんだよ。それも吹雪の中だったかなあ、たしか。このままじゃ行き倒れになろうかってときに灯りが見えてね。必死の思いで戸を叩いたら、驚いたね、出てきたのが着ている物こそつぎ当てだらけだが、年の頃二十六、七の色白でとびきりいい女だ」

社長はそこでビールを一口飲みましたが、大学時代落研で鳴らした人で、本物の落語家が高座《こうざ》でお茶を飲んだみたいなのでした。騒々しい居酒屋の中でわたし達のテーブルだけが静かになりました。

「頼みこんで泊めてもらえることになったが、囲炉裏端のちょっとは明るい所でよく見たら見覚えがある。その男が昔吉原に行ったときそこにいた女だったんだね。ここんところはよく憶えていないんだけど好きな男と心中し損《そこ》なって、足抜けした、つかまればどうされるか知れたもんじゃないっていうんで逃げてきた先が鰍沢だったという筋だったと思うなあ。宿賃て名目だったか、金を渡したら、それで気前がよくなったってえわけでもないだろうが、地酒は臭《にお》いがきつ過ぎるからっていうんで卵酒にしてくれた。男は下戸《げこ》に近いんで、ほんの一口でいい心持になってごろっと横になっちゃった。後から亭主が帰ってきて、知らずに残りを飲んだら、七転八倒の苦しみだ。女が旅人の懐《ふところ》の豊かなのに目ぇつけて毒を仕込んでたんだ。夫婦のやりとりが聞こえて、大変だって旅人がさ、身延詣でのコースに入ってる何とかってえ寺の護符《ごふ》を飲んだらそれが効《き》いて、身体が痺《しび》れてたのがなおった。一目散に逃げ出したんだが物音を立てちゃったんだか、勘付《かんづ》かれてさ、亭主がふだん熊撃つのに使ってる鉄砲を持って女が追いかけてくる。撃たれて死ぬよりはっていうんで、富士川になるんだろうかなあ、渦が逆巻くような渓《たに》川に飛び込んだ。昔は伐《き》った材木を筏《いかだ》に組んで流して河口にまで運んだろう。その筏が藤蔓《ふじづる》で繋《つな》いであった上にちょうど落っこちたのはいいが、道中差《どうちゅうざし》が鞘《さや》から外れて、蔓が切れてさ、筏がばらばら、ばらけた材木に何とかつかまって、もう神頼み、いや仏頼みかな、「南無妙法蓮華経、南無妙法蓮華経」って夢中で唱えてたら、川岸から女が撃った鉄砲の弾がうまいこと外れてねえ。『おざいもく』で助かったってのが落ちなんだよ、ね」

「え？」

「つまりさ、日蓮宗の『南無妙法蓮華経』をお題目っていうんで、そのお題目と材木をひっかけた駄洒落《だじゃれ》だよ」

ここでただへええと感心しているだけで済ましていればよかったのにわたしはうっかり口を挟みました。

「鰍沢の辺りが山深いのはほんとですけどね、そんな命がけの足抜けなんて、『花魁《おいらん》』なんて言ってた昔のことだからでしょうねえ」

「へええ、小林さん、学があるじゃない」

何気なく言ってしまったことが、読書家の楠田さんという人からこんな風にからかわれる種になってしまいました。学がある——それは実はわたしにとってはこれ以上ないというほど棘《とげ》のある皮肉に聞こえかねない冗談でした。が、その冗談の棘《とげ》もそのときは感じませんでした。

——普通の人はこんなことは知らないものなんだろうか。

その宴席が終わるまでの時間がわたしには随分長く感じられました。よりによってこんな会話を交わした直後だったのです、通りすがりの男に「ナンパ」されたのは。

こんな、大方《おおかた》の人は大した印象も受けないに違いないことが気になる理由。それをどこから書けばいいのでしょうか。

母の出奔《しゅっぽん》

そのとき何歳だったのか憶えていません。母がどこかに出かけようとしているのにわたしは気づきました。母は風呂敷包みだったか行李だったか、何か大きな荷物を両の手にぶら下げていました。友達とはぐれたか何かして、わたしが家に帰ろうとしているところに、母は運悪く出くわしてしまったという風でした。

「どこへ行くの」

わたしが聞いたとき、今思えば母は心なしかぎょっとした顔をしたような気がします。

「ちょっと大月まで行ってくるよ」

母は答えました。

大月はその頃わたしが父母と住んでいた真木《まぎ》から一番近い国鉄（今のＪＲ）の駅でした。近いと言ってもバスで三、四〇分はかかったでしょうか。ちょっと変だ。そのときそう思ったのかどうか。

「じゃあわたしも連れてってよ」

「ほら、これあげるから」

母はまとわりついてくる娘に、穴のあいたお金を一枚握らせました。十銭玉だったでしょうか。それでもわたしがついてくるので、母はさらに、今度は五銭玉だったかもしれません、もう一枚のお金を渡しながら言いました。

「ね、これあげるから家に帰ってなさい」

そうして母はどんどん歩いていってしまいました。そのときの気持を大人の言葉に引き直してみるなら、「こんなものくれたってしょうがない」といったところでしょうか。

幼い子どもの脚です。私はとうとう追い続けられなくなりました。「母ちゃん」とさけびたいのに咽喉がつまったような感じがして、わたしはしばらく黙って突っ立っていました。

わたしは仕方なく家に帰りました。しばらくただ戸口に立って母を待っていたと思うのです。が、気がついたときはわたしはしゃがみこんで膝に顔を埋めたかっこうで眠ってしまっていたようでした。

夕闇が濃くなろうとしていました。父は仕事柄出稼ぎが多く、その日も不在でした。母はまだ帰っていませんでした。お腹がグーッと鳴りました。

「あれ、灯りも点けないで、どうしたの。母ちゃんは?」

折よく、近所の小母さんが、母に何か用があったのか寄ってくれたのです。小母さんの声を聞くなり、さっきから咽喉の辺りに詰まっていた塊のようなものを、もうがまんできないようになって、わたしはいきなり泣きだしました。

家にして十軒も離れていない所に、叔母（母の妹）が小さな店をやっていました。叔母はそこで駄菓子を売ったり、上り框《あがりがまち》だの、二つ三つ逆さにして置いた木箱などに客が腰掛けたり、煎り豆の小皿などを置けるようにして、そこで冷や酒を飲ませたりしていました。

小母さんは、涙をやたらにこすって、頬がいい加減ひりひりしているわたしの手を引いて、その店に様子を聞きにいってくれました。

「もうちょっと待ってみれば？」

叔母は不審そうに眉をひそめて、ただそう言うだけでした。

真木もやっぱり本当に山ばかりたくさんある所でした。山が多いということは谷も多いということです。川の向こう岸に見えている家に行くのに、橋が遠いのでひどく大回りをしなければならないということがよくありました。ラジオの渋滞情報によく名前が出てくる猿橋はこの近くの地名です。大月より一つ新宿寄りの国鉄の駅の名にもなっています。

ここには実際に猿橋という名の橋がかかっています。いつの間にか七〇を越したわたしにも、テレビアニメのサザエさんは楽しくて、よく見ているのですが、主題歌が流れているときに映し出される全国の名所に、猿橋が出たことがありました。昔、猿が互いに手や尻尾をつないで支え合って一つの橋になって、仲間を向こう側に渡していた。朝鮮から来た名のある大工さんがそれを見て、はっと思いついて造った。そんな言い伝えを聞いた覚えがあります。谷の両側の崖にそれぞれ木を埋め込んで、互いに支え合わせて、その上に板を渡してあるのです。谷が深過ぎて橋脚が立てられないので、こういう変わった形になったのだということです。

こんな風な地形で、田んぼが作りにくいことが、大月近辺で絹織物が盛んになった理由だったようです。田んぼもだけれども、では畑なら作れるかというと、畑にできるだけの土地も少ない、畑だけでは到底食えない。そういう農家が、何とかお金を工面《くめん》して織機を買って、女達が内職に励む。そのうち織物の方が本業になった。そんな小さい工場ともつかない工場がたくさんある土地でした。

今思うと、わたしの家はそういう小さい、農家に毛が生えたような、工場の主人達にとってちょうどいいたまり場のようになっていたようでした。叔母などが店を出していたものの、そこに行くよりは、自分たちで一升瓶を持ち込んで飲める家があれば、もっと安上がりだし気も楽だ。そんなことだったのではないかと思うのです。小父さん達がにぎやかにしゃべったり歌ったりしている輪の中にわたしもまじって、誰かの膝に抱っこされていたことも時々ありました。

母は「よりつけ」の技術のある人でした。よりつけというのは、布を織っていくうちに糸巻きに巻きつけてあった縦糸がなくなってきます。そのとき、新しい糸巻きの糸を初めの糸にくっつけなければなりません。その糊には歯磨き粉を使いました。このくっつける仕事をよりつけと言ったのです。

あっちこっちの織物工場や機織機のある農家に呼ばれてはよりつけをしているうちにそこの旦那衆《だんなしゅう》と顔なじみになったのではないかと思います。

父が出稼ぎが多く、家にいないことの方が多い暮らしでしたから、小父さん達が寄り易かったのだと思います。父は籠《かご》作りの職人でした。竹林の持ち主からその都度ちょうどいい長さの竹を売ってもらって、それを割って、小刀で切れ目を入れた端のところを口にくわえておさえておきながらすーっと割いていって、それからそれを編んでいくのです。

山梨はぶどうの産地です。採ったぶどうを入れたり運んだりするのに籠がたくさん要り用でした。父はぶどう農家を回っては籠を作っていたのです。

父が不在がちなのをよいことに、そうしてよく家に来ていた小父さんの一人と、母が駆け落ちしたというようなことなのか、それともただ単に父と不仲になって当てもなく出ていったのか、それは今でもわかりません。

母はとうとう帰りませんでした。わたしは、父の妹（わたしにとってはもう一人の叔母）の家に連れていかれました。

子どもがたくさんいる農家でした。お腹《なか》いっぱい食べられるということは、今の日本では別に珍しいことではなくなっています。が、当時はそうではありませんでした。ただでさえみんないつもお腹を空かせているところに一人加わったわけですから、いとこ達があまりいい顔をしなくても、しかたがないことだったかもしれません。でも、怖かったのは寧《むし》ろ叔父（叔母の夫）です。遊んでいるうちにいとこたちとはぐれたか何かして、夕方いい加減暗くなってから一人で帰ってきてみると灯りが洩れています。壁の板と板のすきまからだったか、戸がぴったり閉まらなかったからかはわかりません。のぞいてみると、囲炉裏端にみんなで座って何かを焼いているのでした。いいなあ。わたしももらえるかなあ。そう思ってガラッと戸を開けた途端、叔父がギロッとわたしをにらみつけた。そんなことがありました。

叔父はいつでもただ黙っていました。もっとも、それはわたしにだけ話しかけてくれないというのではなく、叔父の子ども達に対しても同じだったかもしれません。

叔母だけは、昼間、叔父が山に馬を連れて出かけたり、いとこ達が学校に行ったりして誰もいないときに、わたしのためにいろりで干し芋をあぶったり、おやきを作ったりしてくれたこともありました。

今はおやきというと長野県の、中に炒《いた》めた野沢菜やなすの味噌煮、甘いのでは小豆餡《あん》を詰めた、饅頭《まんじゅう》に似た形のものが有名です。が、このときわたしが作ってもらったのは、小麦粉をちょっとの水で溶いて薄く焼いただけのもので、そこに塩か醬油をつけて食べるだけのものでした。それでも、それが焼ける間、わたしはどんなにわくわくしたことでしょう。

ある晩、出稼ぎから帰ったばかりの父と叔母がいろいろ話し合っていたようでした。

「秀子、新しい母ちゃんが来るんだからね。よく言うことを聞いてね」

別れ際に叔母は少し心配そうに言ってくれたのを覚えています。

父は真木からバスならさほどかからないS村に空家を見つけていました。六畳だったか八畳だったかの一間に、小さい流しがついているだけの狭い家でした。

春という名のその人は身体の具合が悪いと言ってしょっちゅう横になっていました。わたしはその人を「母ちゃん」と呼ぶ気にはなれませんでした。その心持は何十年経っても変わりません。その人のことは「春さん」と書くことにしましょう。

わたしは学校に上がったところでした。この頃は就学通知というものが来なかったのか、前の年、近所の同い年の子が行っているのに秀子はどうしたんだと心配してくれた人がいたのだそうでした。一年遅れの新入生でした。

わたしが学校から帰ります。

「ただいま」

そう言って、ふと見ると万年床になっている布団に春さんがいません。履物はあります。それで判ったことには、春さんはお便所の板壁の節穴からわたしが帰ってくるのを見ていたようなのでした。そうしてわざとそのまま出てこないでいるのです。

そんなことがしょっちゅうでした。お帰りという当り前の挨拶で迎えてもらったことがあったか、覚えがありません。

母はわたしを置いて出ていってしまった人ではありましたが、ともかくも普通の親らしい言葉をわたしにかけてくれていたような気がします。大きな台風が来て、夜があけてみたら家のすぐ近くにあった大木が根こそぎ倒れていたということがありました。

「ひどい風だったものね」

「うん、怖かった」

二人で外に出てこんなことを言い合った覚えがありました。こんな何気ないおしゃべりを、出ていってしまった母との少ない思い出の引き出しの中からわたしは幾度となく引っ張り出していたものです。

お昼どきをとうに過ぎても何も食べさせてもらえない。そういうときわたしは仕方なく、隣の小母さんのところにいって訴えます。小母さんはうちの大家さんでした。小母さんはわたしの話を聞くとすぐとんできてくれます。そうして囲炉裏の真上の梁《やな》から吊るしてある鍋を下ろしてくれるのです。鍋は高くて、わたしにはとても手が届かないのでした。

もっともその鍋の中身は米ではなく、粟《あわ》だったか稗《ひえ》だったかの冷や飯で、そのままではとても食べられないのでした。わたしは春さんではなく、隣の小母さんや友達のお母さんからもらうお芋をふかしたのなんかでようやくお腹を充たしていることが多かったような気がします。

夜になるとさすがの春さんも囲炉裏で、冷や飯に水をさして温めるぐらいはするのでしたが、漬物をする人でもありません。たまにもらった沢庵を春さんが齧《かじ》っていることもありました。が、わたしは沢庵がきらいでした。そのおかゆとも呼べないような代物《しろもの》を味噌とか醤油とかの塩味で辛うじてかき込むのでした。

隣の小母さんはわたしをとてもかわいがってくれました。わたしはお小母さんから、足袋はこうやって縫うんだよとか、繭はこうして煮てこうして糸を取るんだよというような、普通の女の子がお母さんに教わるようなことをよく教わったものです。

その頃はまだ馬で荷物を運んでいた時代でした。町にとれた作物を売りに行くようなとき馬の背に積んでいったのです。大家さんは、馬方が寄って馬に水やかいばをやったり、自分が食事をしたり一杯やったりするちょっとしたお店をやっていました。そういうお店を「馬かせ屋」と言っていたと思います。

一度、多分そのお客さんに出す品を分けてくれたのだと思うのですが、一切れだけかしわ（鶏肉）ののったうどんを食べさせてもらったことがありました。肉が口に入ることなどめったにない時代でした。たまに食べるとしても、うさぎが罠にかかったとか、乳の出なくなったやぎを屠殺した、というような本当に特別なときだけだったのです。そのかしわうどんのおいしかったことといったら。忘れられない味です。

獣や鶏の肉はもちろん、魚も、さばと言えばご馳走の部類だったと思います。というのは春さんが、父が出稼ぎから帰ってくるという日にはさばの切り身を買ってきて味噌煮にしたりしていましたから。

こうして一通りのことはやればできるのですから、春さんがどのくらい身体が弱かったのか、どうも怪しいのです。ともかく春さんがそんな風でしたからわたしはずいぶん家のことをしました。

当時は川沿いの家は、出て直ぐのところの坂に土を固めて段々にして、角に丸太を埋めた簡単な階段が作ってあって、川におりていきやすいようにしてありました。その階段をおりて毎朝水をくみにいくことは当然のようにわたしの仕事になっていました。その頃はまだ一軒一軒に水道などないのです。お金持の家でもつるべ式の井戸があったきりです。川が遠くてどうにも水を汲みにいけないような辺りにだけ、共同水道が造ってありました。わたしの通っていた小学校の門の少し手前に、そういう蛇口がいくつかある流し場があったのを覚えています。そこはうちからは遠くて、とてもそこには汲みにいけません。

川岸近くに少し流れがよどんでちょっと深くなったようなところがあるものです。そういうところが汲み場所になります。そうして、これはこの家の、あっちはあの家のと決まっていました。そういうところは冬は水面が凍ってしまいます。持っていったひしゃくの持ち手の端っこだのその辺の石だのを打ちつけて氷を割らなければなりません。そうしてやっと作った穴にひしゃくを入れて水をすくっては、持っていった入れ物にためて運んでくるのです。

水汲みはどの家でも朝早くにいきました。というのは、夕方になると、上流のあちこちで耕したり荷物を運んだりするのに使った牛や馬を洗ったりしているわけで、そういう水を飲み水に汲む気はとてもしないからです。思い出すだけでも手がかじかんでくるようです。

かわいがってくれた隣の大家さんの家には井戸がありました。でもつるべ式では子どもには危なくて、もし頼んでも使わせてはくれなかったでしょう。

バケツなどはお金持しか買えない時代でした。入れ物といえば鍋です。ご飯を炊《た》くのとおつゆを作るのと二つだけありました。鍋には囲炉裏の上に吊るしてある自在かぎに引っ掛けられるようにつるがつけてありました。それで両手に一つずつ提《さ》げて階段を上《のぼ》りおりできました。汲んできた水は土間においてある甕《かめ》にあけておくことになっていました。

そうしてせっかく汲んできた水をこぼしたという理由だったと思います。春さんが怒ってわたしを家の外に出してしまったことがありました。出入り口が引戸なのですが、中から突っかい棒をしてしまって、入れてくれないのです。二年生ぐらいのときだったでしょうか。

泣いているところに、たまたま警察官が通りかかりました。

「あれあれ、怒られたね。何したんだ?」

警察官はそう言って、戸をドンドンと叩きました。戸は閉まったままでした。

「もしもし、もう入れてやったらどうかね」

「やれやれ、しようがない」

うるさそうに言いながら戸を開けかけて、表《おもて》に立っている人の腰に下がっている剣が目に入ると、春さんはギョッとしたようでした。春さんは警察官の顔を見上げながら言いました。

「あれ、どうもご苦労様ですだ」

「ご苦労様なもんかね。いつまで泣かしとくだね」

「いやね、あんまりへましでかしたもんで」

警察官が行ってしまってから、春さんはわたしを睨《にら》みつけました。

春さんがこういう人ですから、あれが欲しい、これが足りないとは怖くてとても言えませんでした。事情を察してくれていたらしく、ノートや鉛筆をいつも先生が工面《くめん》してくれていました。

学校からの帰り道、大家さんに呼びとめられたことがありました。

「秀子、ほら、食ってきな」

まだ熱いふかしいもを持たせてくれながら、小母《おば》さんは言いました。

「今度父ちゃんが出稼ぎから帰ってきたとき、小母さんが言ってあげるからね、あんたの後添《のちぞ》い、あれじゃ、秀子があんまりかわいそうだって」

それで決心したのかどうか、父は春さんと別れることに決めました。

父は大八車に春さんの僅かな荷物と春さん本人をのせ、春さんの実家に向かいました。家で待っていてもつまらないと思ったのだったか、わたしも父の後をついていきました。

父の再々婚と小学校中退

父はまた新しい女の人と暮らすようになりました。雪枝さんというこの女の人は三人の子連れでした。一挙に六人家族になったわけです。父の収入では、それまででも苦しかったのに暮らしはいっそう苦しくなりました。それでもなお父と世帯をもつ方がいいというくらい、雪枝さんも苦しい暮らしをしていたのでしょう。

父は家賃もろくろく払えないでいました。今で言えばどこかのガレージや集会所のような所を転々としました。こっちの借家を追いたてられ、あっちの借家もまた居られなくなるということの繰り返しでした。

わたしは数えで十一歳になっていました。父の目には、雪枝さんの三人の子どもの一番上の女の子（わたしより一つ年下でした）とわたしが、ちょうどいい稼ぎ手として映ったようでした。

父は、籠職人だけでは暮らしが立たなかったのでしょう、今で言う人材派遣のようなことも以前からしていたようでした。それでつてがあったとみえて、五年の年季奉公先を、わたしと義理の妹に見つけてきたのです。

父が前払いで受け取ったという五年分の給料が、わたしが三百五十円、妹が三百円だと聞かされました。

「いいか、おまえたちが奉公に行けばな、もうちょっとで家が建つだ。千円あればな、立派な家が建つだ」

　わたしはこのとき、小学校を途中でやめさせられるということにまでは思いが至っていませんでした。

「いいか、真木のご隠居さんのとこに行くだ。ご隠居さんの娘さんと養子の若だんなにこの前赤ん坊が生まれてな、織物工場の仕事もあるし、誰か子守がいてもいいだろ、とこう言ってくだすっただ。家建たねばおまえもいるとこねえだろ。お父ちゃん、お母ちゃん助けると思ってな、奉公に行くだ」

　そう言われはしたものの、奉公というのがいつからなのかまでは聞かされていませんでした。

　いつものように、学校から帰って、座り机代わりにしていた木箱の上で、漢字の書き取りの宿題をすませて、翌日使う教科書をそろえているときでした。

「何してるだ、もう要らんで。さ、これから先生に挨拶しに行くぞ」

　どこかから帰ってきた父がそう言いました。

　学期の途中でした。わたしは驚いて、「だって…」というような簡単な抗弁さえ口にできないまま、半ば引っ張られるように学校に連れていかれました。

「あれ秀子とお父さん、どうなさったかね」

　そう校長先生が聞いてくれたとき、わたしは先生の顔を見ることができませんでした。先生の顔を見ると、泣き出しそうな気がしたからでした。

「この子は奉公に出すことにしました」

父がそう校長先生に言っている声が、確かに聞こえているのに、聞いている自分が自分と違うほかの誰かのような変な気持がしていました。

校長先生がわたしの両肩にそっと両手をのせて、言ってくれました。

「秀子、どこに行っても勉強だけはするんだよ」


わたしが通っていたのは山の分校でした。二年生と三年生が一つの組、四年生と五年生も一つの組、ただ一年生だけはまだ慣れないので一つの組、それから六年生はもう卒業だというのでやはり一つの組になっていました。一年生の組は毎年校長先生が受け持つことになっていました。ですから校長先生は、どの子の顔もよく覚えてくれていて、どの子もみんなかわいがってくれていました。しかも口幅ったいようですが、わたしは終業式なんかには成績優秀者の一人として賞をもらっていた部類の生徒でした。校長先生はわたしの勉強好きを知っていてくれたはずでした。

「男の子ではないんですからそんなものできなくたってかまいはしませんよ」

父は投げやりな返事をして、早々に私を連れ帰ろうとしました。

わたしが父ともう校舎の外に出てしまってから、ガラッと音がしました。振りかえってみると、校長先生が職員室の窓から上半身を乗り出すようにしていました。

「秀子！」

わたしは脚を止めました。父が急《せ》かして乱暴にわたしの手を引っ張りましたが、わたしはこのときは動きませんでした。

「秀子！」

先生はもう一度わたしの名を呼んでから、先刻《さっき》と同じことを、怒鳴るような声で言ってくれました。

「どこに行っても勉強だけはするんだよう」

その声は今でも耳に残っています。校長先生は渡邊多一先生というお名前でした。

翌朝早く、担任の先生が、訪ねてきました。

「朝早くからすみません。遅く来て、もしもう出立しておいでだといけないと思ったので。これ、わたしが二十歳《はたち》前に着てた銘仙《めいせん》なんです。ちょっと派手になったし、秀子ちゃんに来て貰《もら》えたらと思って」

奉公にいくというのにあまりにボロを着ているのを見るに見かねてのことだったと思います。お下がりと言っても新品同様でした。ちゃんと肩上げやおはしょりもしてくれてありました。これから自分がどうなるのかわからない心細さにしおれていたわたしは、まるで久しぶりに慈雨を浴びた草花でした。この先生の親切も忘れられない思い出です。

このときは父も母もさすがにもじもじしながら、何度となくペコペコ頭を下げていました。

背中にいつも赤ん坊

父は、真木のご隠居さんの家に着くと、玄関をやり過ごして縁側に回りました。縁側からほんの十数歩という所に細長いいい別棟《べつむね》があって、そこから機織《はたおり》の音がしていました。

「ご隠居さん、浅井です」

父が呼びかけると、障子が開いて、縁側に小母《おば》さんが出てきました。

「ご隠居さん、これが秀子です」

子どもには大人の年齢が判らないものです。今思うと小母さんはご隠居さんと言ってもせいぜい五十代半ばだったろうと思います。

「ああ、これが秀子かね…」

「よろしくお願い申します」

そう言って父はご隠居さんに深々と頭を下げました。

「年は聞いてたけど、実際見てみるとねえ、こんな小さい子じゃ…」

ご隠居さんが言いかけました。父はあわてててたたみかけるように言いました。

「いや、よく働く子でして。な、秀子、しっかり勤めるだ」

父はわたしに叱るように言ったなり、そそくさと帰っていってしまいました。

ご隠居さんは少しの間ですが、わたしの顔をまじまじと眺めていました。そう分かったということは、このときわたしも臆せずご隠居さんの顔を見つめていたのかもしれません。

「秀子、昼飯は食べたか」

ご隠居さんが聞いてくれました。わたしは首を横に振りました。

「そうだろうと思った。どんなにぼそぼそでも、小さい握り飯の一つも持たしてくれるようなお母ちゃんだったらなあ…米も何もないのかもしれないが。ま、ここに掛けてさ」

わたしを縁側《えんがわ》に腰掛けさせて、おばあさんは奥に立っていきました。

大きな塩むすびを二つもらい、立て続けに頬張《ほおば》ったせいかわたしはむせてしまいました。湯呑を、取ると熱過ぎて慌《あわ》てて床に置いたので、危うくひっくり返しそうになりました。

「誰も取りゃしないから」

おばあさんが笑っていました。


ほっとしたのは束の間《つかのま》でした。

真木の家は、働き手が、女工さんが十人、主に山や畑の仕事をする男の人が二人、炊事をする女の人が二人となかなかの大所帯でした。大きなテーブルがあって、真ん中にお汁の鍋がちょうどはまる大きさの穴が開けてありました。そこから一人一人お汁を自分のお椀につけるようになっていました。

ご飯はお櫃《ひつ》の横に座っている女工さんが、みんなのをよそっていました。

「お櫃係は忙しい、忙しい」

その女工さんが言うと、誰かが言い返しました。

「いいじゃないか、松代さんは食いっぱぐれがないもの。いつでも替わるよ」

わたしはあれっと気がつきました。そう言えばお父ちゃんが、「松代もいるだ」って言ってたっけ。松代さんはしばらくわたしが預けられていた叔母の一番上の娘でした。いつわたしにご飯をくれるかなあと不安に思いながら、その人の手元ばかり見ていて、顔はろくろく目に入っていなかったのでした。

もっともわたしがそう気づいたところで、松代さんがわたしに目配せしてくれるのでもないのです。わたしが立ったまま背中の赤ちゃんをあやしているのが目に入らないのか、松代さんは最後に自分の分をよそうと当り前のように食べ始めてしまいました。

早い人はもう食べ終わって二人、三人と立っていきます。どうしよう、どうしよう。わたしのも下さいって思いきって頼んでみようか。どきどきし始めたときでした。奥からおねえさんが出てきて、わたしに声をかけてくれました。

「さ、わたしが食べ終わったから今度は赤ちゃんのおっぱい。秀子、その間に食べろな」

あまりに長くおんぶしていたせいか、背中の赤ちゃんを受け取ってもらったとき、かえって膝の辺りがガクガクするような気がしました。

おねえさんというのは、わたしは赤ん坊のお母さんをそう呼んでいたのです。二十歳前にお嫁にきたのですから、今思うと若いお母さんでした。

とにかくいつもいつもわたしは赤ん坊をおんぶしていました。朝早く起きると、まずおむつを取り替えます。するとおねえさんがお乳を飲ませ始めます。その間にわたしはたらいに水を汲んで、洗濯板でおむつを洗います。干し終るか終らないかのうちに声がかかります。

「秀子!」

わたしは駆けつけていって直ぐおんぶします。

一〇時ごろ、またお乳の時間がきます。そのときは背中から赤ん坊をおねえさんが受け取ってくれますから、肩がすうっと楽になりました。が、またまた大急ぎで、汚れたおむつを洗って干さなければいけません。

後年、五〇歳代の終り頃、脚の付け根がどうにも痛くて痛くて、立っていられないほどだったことがありました。レントゲンを見た医者の言うには、背骨の腰椎と交錯する辺りがつぶれてしまっているというのです。

「背が伸びる頃に何か無理がかかっていませんでしたか」

医者に聞かれました。

コルセットを作ってもらって何年かいつも着けているうちに幸い痛みはおさまりました。


奉公し始めて一か月ぐらいしてからのことでした。

赤ちゃんは外に出ているとごきげんがいいので、お天気の日は外であやしていることが多いのですが、その日は雨降りでした。わたしは縁側を、赤ちゃんをおぶって幾度となく行ったり来たりしていました。ふと気付くと、隅に何か光る物が落ちています。近寄ってみると銅貨でした。あれ、と思いました。誰も見ていない。ほんの一瞬だけそんな風に思ったかもしれません。

わたしはそれを拾うと、障子越しに、座敷で炬燵《こたつ》にあたっているおばあさん（ご隠居さん夫婦を私はおじいさん、おばあさんと呼んでいました）に声をかけました。

「お金が落ちていましたよ」

「あれ、よく届けてくれたね」

おばあさんはそう言ってにっこり笑いかけてくれました。

正直に届けたといっても、何しろ小さい頃からお金を手にしたことがほとんどなく、使ったこともないのです。ほかにどうするといってどうしようもなかったのかもしれません。

それでも、善いことをしたと我ながら自慢に思ったのか、一度女工さんが何人かいる所で、このことを話した憶《おぼ》えがあります。

「秀子、偉かったねえ…」

一人の女工さんがほめてくれたのを、松代さんが笑い飛ばしました。

「ばっかだねえ、どこが偉いってさ。あたしたちみーんな、来た当座やられたんじゃないか」

でもこのことがあってからというもの、もともと使用人というよりは近所の子どもに接するようにしてくれていたおばあさんが、わたしにとてもよくしてくれるようになったような気がします。

おねえさん夫婦の一番上の男の子が小学校に通うようになると、わたしにはお坊ちゃんを送っていく仕事ができました。朝、お坊ちゃんはよく温かいご飯に生卵をかけてもらっていました。

真木の家では鶏を二、三羽放し飼いにしていました。鶏が卵を産む所が大体決まっているので、朝捜しにいってそおっと拾ってくるのがわたしの役目になっていました。当時は卵はどこかの店に行けば直ぐ買えるというものではありませんでした。

その貴重な卵をかけたご飯も、毎日のように食べているお坊ちゃんには大してご馳走でもないようでした。寝坊したときなんかは二、三口食べただけで平気で残して立ってしまいます。

「それ秀子!」

そう言っておばあさんはそのお茶碗をよこしてくれるのです。そのおいしかったことと言ったらありません。

おばあさんはお坊っちゃんを目の中に入れても痛くないといった風でした。夜は抱いて寝ていたくらいでした。わたしは、そのおばあさんとお坊っちゃんの横で寝ていました。夏は蚊帳《かや》を吊りましたが、わたしもその同じ蚊帳の中に寝ていたのです。今思うとその頃の奉公人としては破格の扱いをしてもらっていたのかもしれません。

だからといって、とにかくおんぶ、おんぶ、ほとんど一日中おんぶしているという仕事まで軽くしてもらったことはありません。ただ、逆におんぶさえしていれば文句は言われないわけです。子守り奉公に出されたのは四年生のときでしたから、もう九九は教わっていました。

「六・七、四十二、六・八、四十八……」

わたしは赤ちゃんをおんぶしながらと何度も何度も唱えていたものです。赤ちゃんは変な子守歌だと思っていたでしょう。

おんぶしていさえすれば、奉公先の敷地の中にいなければいけないということもないのです。だから近所の小学校に通っている子どもたちとも仲よしになりました。その子たちから、学期が終わる毎に教科書をもらって読んだりもしていました。そうすると読めない漢字が出てきます。夜、やっぱりおんぶしたまま工場に入っていって、女工さんたちに聞きました。

「これ、何て読むの?」

聞いたら仮名《かな》をふっておきました。鉛筆はその子たちが使って短くなったのをくれたのがあったのです。

もっとも漢字は書かなければ覚えられません。ところが鉛筆はあっても紙がありません。包み紙、新聞に入ってくる裏が白い広告と、ノートを買わないまでもいくらでも紙が手に入るというのは最近の話。当時、紙も貴重品だったのです。

赤ん坊というものは起きていると始終もぞもぞしています。立ち止まれば一層もぞもぞします。歩けというのです。しゃがめばやはり一層もぞもぞします。立てというのです。が寝入ると嘘のように静かになります。そのときがチャンスでした。わたしはしゃがんで、地面に小枝でいろいろな字を書いて覚えました。

「ウ、ハ、ム、ココロで窓、と。熊は、ムこうの山に月が出て、ヒが出た、ヒが出た、四つ出たって覚えよう」

こうして独り言を言いながら、復習をしました。書ける字が増えてくると、教科書だけではもの足りなくなりました。

ある日工場の入り口に、「家の光」という雑誌が何冊か紐《ひも》で結わえておいてありました。

「あの、これどうするんですか」

ちょうど出てきた女工さんにわたしは聞いてみました。

「ああ、それね、もう古いの。読み飽きたから古新聞と一緒に屑屋さんにもっていってもらおうと思って」

「あの、わたしがもらってもいいですか?」

「あんた、こんなの読むの？　いいよ。みんなあげる」

教科書と違って字がぎっしり並んでいます。読みでがある！　わたしは大喜びしました。

先日社長のお友だちに引っ張って行かれて、国会図書館という所に初めていってみました。そこで「家の光」の復刻版というのをパラパラめくってみました。

一番先に目がいくのは漫画。わたしが手に取った号にはこんな筋のが載っていました。

――ある村で、お国のために貯蓄をしようという運動が始まった。が、飲んだくれの父親は飲み代《のみしろ》をとられるのは厭だとばかりに、隣の家から回ってくる箱に銅貨一枚入れようとしない。それで息子が貯金箱を空けてなけなしの小遣いを入れた。それを見て父親が改心して、それからは酒をやめ、せっせと貯金をするようになった。

同じ号でハワイという文字が目についたので読んでみますと、ハワイは大昔から住んでいる人たちがいたのに、アメリカが奪ってしまったのだというようなことが書いてありました。

そういえば真珠湾攻撃というのがわたしが奉公に行った年の冬の初めのことでした。が、貯金もハワイも全然覚えていません。この頃読んだものでわたしが中身を憶えているのは、たった一つなのです。「のらくろ」という漫画です。のらくろという名前の犬が主人公で、下の方の階級の兵隊なのです。ですから舞台は戦場だったのでしょう。が、思い出されるのはのらくろが戦っている場面ではなく、川のほとりに坐って、魚と話をしているところです。犬の兵隊というのは不思議に思わなかったのに、犬が魚と話ができることは不思議だったのでしょうか。

昔はこういう雑誌にも漢字のほとんど全部にルビがふってありました。そのお蔭《かげ》で、知らない漢字がたくさんあっても字面《じづら》を追うことができたのです。が、何を読んでいたときか、読めない字が出てくることがありました。そうするとその度に女工さんのいるところに押しかけていきました。

「また秀子か…」

あまり頻繁に聞きにいくので、しまいには面倒くさがられてしまったものです。

親よりも

赤ちゃんをおんぶしなくてもいいときが年二回だけありました。地獄の釜のふたも開くというのはお盆でしょうが、印象に残っているのは正月です。

正月には奉公人全員が広間に集まります。床の間を背にして、おじいさん、おばあさん、おにいさん、おねえさんが座ります。古くからいる人から順にこのご主人一家に新年の挨拶をします。そうして今で言えばボーナスでしょうか、お小遣いをもらいます。多い人もいれば少ない人もいました。身につけるものをもらう人もいました。炊事をしていた女の人やわたしは着物や下駄をもらった部類です。下着ももらいました。

正月三日間はほかの人は自分の家に帰りました。でもわたしは十五正月といって、十五日だけ帰ってよくて、翌十六日には戻ってこなくてはいけないことになっていました。

ではその十五日をわたしが待ち焦がれていたかというと逆でした。帰ったところで「ご苦労だったね、お腹が空いただろ」などと言って迎えてくれる母親がいるわけでもないのです。むしろ帰りたくないという気持のほうが強いのでした。

「十五正月も家に帰らなくていいですか?」

わたしは思いきっておばあさんに聞いてみました。

「帰らなくていいかだって? そうか、秀子はこっちにいた方がいいのか。じゃ、居ろ、居ろ、こっちに」

おばあさんはそう言ってくれました。

その話を聞いたおねえさんがわたしを誘ってくれました。

「じゃ、一緒に来る?」

それで、真木よりもう少し山を上ったところにあるおねえさんの実家に、わたしも一緒にバスに揺られていったことがありました。

この家に奉公にきて何年目のことだったか、辛くてどうしても起き上がれないことがありました。

「秀子！　いつまで寝てるだ！」

そう言って枕元に立ったおばあさんが、わたしが苦しそうなのに気づいて、おでこに手を置いてみてくれました。

「あれ、熱いよ」

脇の下に挟んだ体温計を取り出して、おばあさんが驚いているのが聞こえました。

「大変だ、四十度もあるよ」

それから、おばあさんが直ぐ医者を呼んでくれたことまではわかりました。でもその後のことは覚えていないのです。

気がついてみるとわたしは見たことがない、変に白っぽい部屋に寝かされていました。ベッドに寝たというのはそれが初めてでした。傍《かたわ》らにおばあさんが腰掛けていて、編み物をしていました。

「あ、秀子、気がついたんか」

おばあさんはそう言って、頭をなでてくれました。

おばあさんから聞いたことには、わたしは赤痢にかかっていたのだそうでした。わたしは、大月の済世会病院に入院させられていたのでした。

夕方になるとおばあさんは編物や湯呑なんかを片づけ始めました。

「じゃあおれは帰るよ」

わたしが心細そうな顔をしたと見えます。

「あれ、明日の朝また来てやるよ。ほら大月におれのいとこがいるって話したことがあったろ。秀子が入院してからずっと泊めてもらってんだ。秀子、ほんとに何にも覚えてないんだなあ。三途の川のついこっちまで行ってたんだなあ」

「いとこ」という言葉を、このとき教わったのだと憶えています。

「秀子はおれがみる」

わたしが入院することになったとき、おばあさんが言った、その言い方があまりにきっぱりとしていて、みんな少し驚いた。そう後からおねえさんから聞きました。

一か月も経って、やっと退院許可が出たものの、わたしはおばあさんと一緒にそのまま真木の家に帰るわけにはいきませんでした。

「小学校帰りの子ども達なんかさ、遠慮がないもんだからね、家の前通るとき、『やあ、うつるとたいへんだぞう！』なんて騒いでるんだよ。そうでなけりゃ、手拭《てぬぐい》で鼻や口をおさえて走り抜けていくんだよ」

おばあさんが気の毒そうにわたしにそう説明してくれました。

「しばらく家に帰っててな」

わたしはほとぼりが冷めるまで、父と雪枝さんと雪枝さんの連れ子たちの住む自分の家に一旦帰らなくてはなりませんでした。

雪枝さんはその頃は珍しいことでもありませんが、農家の出でしたから、土のない暮らしだけはできないといった風でした。それで父は雪枝さんのために少しばかりの土地を借りていました。白菜を上手に作っていたのを覚えています。その日も雪枝さんは畑を耕しているところでした。

「ただいま」

わたしは声をかけました。

「ああ」

溜息《ためいき》ともうなり声ともつかない返事しかかえってこないのは、予想通りといえば予想通りでした。

父はようやく家を建てたところでした。と言っても普請《ふしん》は途中で終ってしまっていました。父がせっかくためた資金を何かに使いこんでしまって、つくはずの二階がつかないままでした。入ってみれば、土間のほかは少しだけ板敷のついた八畳位の部屋一間《ひとま》、しかも大きな囲炉裏が切ってあるのです。

そんな狭い家だというのに身を寄せている人がいました。山側の隣の、わたしと小学校で同級だった子のお姉さんで、カヨさんという人でした。

「秀ちゃん、お久しぶり。お世話になってるの」

婚家でどうしても折り合いがつかず、小さい子を連れて出てきてしまったのだが、実家でも弟のお嫁さんと合わない、体《てい》よく追い出されてしまった。カヨさんは言うのでした。

カヨさんも、奉公に出される前、わたしが遊びにいくとよく針の持ち方を教えてくれていた人でした。

今と違って新聞を取ることなど思いもよらず、ラジオもない暮らしでしたが、戦争が激しさを増していることはわたしにも分《わか》ってきていました。戦争のせいで物がなくなってきている。それは真木でもそろそろ耳にするようになっていましたが、家に帰ってみると改めてはっきり感じられることでした。

わたしが帰ったとき、カヨさんは名古屋帯を解いていました。名古屋帯は、もしかすると、カヨさんの数少ない嫁入り道具の一つだったかもしれません。

「秀ちゃん、これね、帯の芯を取り出してるんだよ」

芯を二、三枚重ねるとしっかりする、それを足袋《たび》の底に使うというのでした。足袋は、以前からなかなか手に入らない品物でした。が、それは家計が苦しい人にとっての話でした。ところが、この頃になると、だんだんお金のある人でも足袋を買えないようになっていました。お店に行っても棚が空《から》ということが当り前になってきていました。

家が一層狭く感じられるようになったものの、カヨさんの居るおかげでわたしはかえって息がし易い気がしていました。

カヨさんがそうしてできた足袋をはいているのを見たことがありません。カヨさんはそうして得た僅《わず》かな収入をわたしの父や雪枝さんに渡していたのかもしれません。

足袋作りが一段落すると、カヨさんはどこからか古毛糸を手に入れてきました。何かを解《ほど》いたものらしく、縮《ちぢ》れていました。カヨさんは雪枝さんの目を気にしながら囲炉裏でお湯を沸かしました。

「秀ちゃん、ほら、わたしが毛糸に湯気を通していくから、両方の手首を使って枷《かせ》を作っていってくれる?」

そう言ってカヨさんは枷の作り方をおしえてくれました。毛糸の縮れが取れると、カヨさんは編物を始めました。

「これはね、靴下にしようと思って」

カヨさんはわたしに棒編みの手ほどきをしてくれました。初めの鎖、ゴム編み、長編みと、このとき基本を教わることができたのはありがたいことでした。鍵針編みも教わりました。

が、病み上がりだからといって、わたしがそうしてカヨさんの横に座って、言ってみればきれいな仕事をしているのは雪枝さんには目障りなようでした。

わたしは少しずつ、山に行ってたきぎにする枯れ枝を拾ってきたり山菜を採ってきたりするようにして身体を馴らしました。

雪枝さんの畑のための下肥《しもごえ》運びも当然のようにわたしの役目になりました。当時はまだ人の糞尿《ふんにょう》を肥料にしていたからです。

天秤棒を肩にかついで、その前と後ろに一つずつ肥え桶を吊るして運ぶのです。重いし臭いし、転んだら大変。が食わせてもらう以上いやとは言えません。もっともどこの農家でも少し大きくなった子どもがやらされていた仕事ではありました。

何軒かおいた所に独り身の人がいて、父が仲人《なこうど》のようなことをして、カヨさんはその人と一緒になったと後から聞きました。

撃たれる!

このようにわたしはただぶらぶらしているだけではなかったのです。が雪枝さんから見れば、わたしがそうして家にいることは、食扶持《くいぶち》が増えたという風にしか見えないらしいのでした。一か月したところで、雪枝さんからやいのやいの言われたこともあってか父は真木の家にわたしがもう戻ってもいいか問い合わせたようでした。わたしは年季の続きを勤めることになりました。

この頃子守というのはみんな、うなじから額にかけて手拭で頭を覆って額の上の方で結わえているものでした。背中の赤ちゃんの顔に髪が触らないように、また赤ちゃんに髪を引っ張られないようにするためでした。高熱のせいだったのか、薬の副作用だったのか、髪が額の辺りからどんどん抜け落ちてわたしはその頃坊主頭になってしまっていました。子守りの仕事に戻れるというのはただでさえ家より真木がいいわたしにとって好都合なことでした。

真木の家では二番目の女の子が産まれていました。が、赤ちゃんの面倒はお母さんつまりわたしがおねえさんと呼んでいた人が見ていました。他方わたしがずっとおんぶしていた女の子はおんぶしてなくても危なげがなくなってきていました。期待していた子守ではなくて、洗い物など家のことの手伝いをわたしはよくするようになりました。洗濯機などない時代でしたから洗い物は大変な仕事ではありました。

工場の掃除もわたしの仕事になりました。

「せっかく注文をもらってもね、糸が手にはいらないんじゃ、織りようがないよ。糸持ち込みでお願いしますとでも言ってみるかね」

おばあさんがこんな風にぼやいているのをよく耳にするようになりました。この前女工さんが一人やめていったなと思うと、また一人いなくなる。そういうことが頻繁になったのもこの頃でした。工場の掃除も、少し前までは女工さん達が当番制ですることになっていたのですが、人が減ったのでそれならと、年季の残っているわたしが充《あ》てられたのだったかもしれません。残っている女工さん達も、以前のように食後のお茶もそこそこに、というほどの忙しさはないのでした。合間合間に編物を教えてくれたりしたので、わたしは工場の掃除が楽しみになりました。

たまに工場に以前の活気が戻ったなと思うときには、軍に納める品物の注文が入ったときだったようでした。例えば水兵の帽子に縫い付ける徽章《きしょう》のようなものです。「大日本帝国」という文字や海軍の朝日のようなマークを織りこむのでした。

ある日、真木の家で寄合いか何かがあって、近辺の織物工場の旦那さん達が話をしていました。

「兵隊さんに納める品物だとちゃーんと糸を用意してくれて手間賃ももらえるんだ。ありがたいことだよ」

一人の人にこう言われて、答えているおにいさんの声が聞こえました。

「だけど、こんなに糸もない、弾《たま》にする金属も足りないからお寺さんの鐘まで供出だ、なんてこと言ってて、ほんとに日本は勝てるんずら？」

すると押し殺したような小声で、もう一人の人があわてて、言い募《つの》ろうとするおにいさんを押しとどめました。

「シーッ、だめだ、そんなこと言ったら『チョットコイ』だあ」

わたしは別に立ち聞きをしていたわけではないのですが、聞いてしまって悪いことをしたような気になりました。でも「チョットコイ」って何だろう。

夕方になってわたしは、小澤さんという女工さんと、うまいこと工場の中で二人きりになれました。小澤さんは読み終わった雑誌をよくわたしにくれるので、わたしが好きな女工さんの一人でした。小澤さんなら、他の人に聞きにくいことも聞けそうでした。

「ねえ、『チョットコイ』って何なんですか?」

小澤さんは「『チョットコイ』?」とゆっくり繰り返して、遠くを眺めるような目になってしばらく黙っていました。わたしは小澤さんが考えているのかと思いました。

「秀ちゃん、それはね」

小澤さんが口を開いたとき、わたしは小澤さんが前掛けの裾の方を両手で絞るように握りしめているのに気がつきました。

「戦争に負けそうだって言ったり、赤紙《あかがみ》が来ても戦争に行きたくない、なんて言ったのが知れるとね、刑事に連れてかれるんだって。道歩いているときに刑事が肩をたたいて『ちょっと来い』……」

ここまで来て小澤さんは急に気分が悪くなった人が吐くときのような変な声を出したかと思うと、小走りに便所に入っていってしまいました。

刑事っておまわりさんのことでしょ? わたしがそれまでおまわりさんと聞いて思い出すのは、家の外に出されて泣いているときに、わたしを閉め出した春さんをなだめて中に入らせてくれた人でした。当り前のことを言っただけで引っ張っていってしまう? おまわりさんが? 初めて聞く話でした。

小澤さんを泣かせたのはわたしがいけないのだ。混乱しながらもそう思ったわたしは、小澤さんに謝ろうと思ってしばらく待ちました。が、おばあさんがわたしを呼ぶ声がしたので、わたしは母屋にもどらなければなりませんでした。

小澤さんはそれから一日二日《いちにちふつか》していなくなりました。一度女工さんが三人ほど、ひそひそ話している横を箒《ほうき》を持って通ったとき、「小澤さんが…」というような言葉が聞こえたような気がしました。がわたしはその女工さんたちに小澤さんがどうしたのですかと聞いてみる気になれませんでした。

この頃増えたわたしの仕事に、おばあさんが食糧を買いに出かけるときの荷物持ちがありました。

買物は半日で済めば御《おん》の字という大変な家事になっていました。

真木の家には田畑がありました。そう、草むしりもこの頃のわたしの仕事でした。弱音を吐かない。それは誰におしえられたということもなく、わたしの生き方になりつつありました。が田んぼの草取りをしていると暑いのも暑いけれども、何よりもヒルに食われるのに閉口しました。草は取るそばから生えてくる感じでした。田んぼは相当広かったのでなおさらそう思われたのでしょう。それでかなりの米がとれるのに、それだけでなく、よく北巨摩にあるおばあさんの実家が米や野菜を送ってきてくれているということでした。北巨摩は真木より更に山側に入った所です。

工場が暇になって奉公人が以前よりは減ったというのに賄《まかな》いは逆に大変になってきているようでした。

「秀子、このリュックはな、おまえには大き過ぎてかわいそうだけど頼むぞ」

ある日おばあさんに呼ばれて上り框《あがりがまち》に行ってみるとおばあさんは大きな風呂敷に何かを包んでいるところでした。わたしの仕事は風呂敷包みを提《さ》げたおばあさんにくっついて、真木より更に奥に入った所にある北巨摩にお供することでした。

北巨摩の家に着くとわたしを上り框に座らせておいて、風呂敷包みとわたしのリュックをもっておばあさんは奥に入っていきます。何か話し声が聞こえてくるのですが中身は聞き取れません。しばらくするとおばあさんが重そうにリュックを抱えて出てきました。おばあさんも何か大きな風呂敷包みをしょっていました。

「さ、これ」

そう言われて背負うと、リュックは行きと大違いでずっしりと重く、よろけそうになりました。おばあさんが奥で詰めてきたものなので、中身が何だか判りません。でも重さ、背中への当り具合、季節などから、お米かな、さつまいもだろうかぐらいのおよその見当はつきました。

この後わたしはおばあさんについて北巨摩に何度となく通いました。北巨摩に行った日は、たいてい、最寄の大月より一つ手前の初狩《はつかり》駅で降りて線路伝いに歩いて帰ってくることになっていました。

「今日も一斉《いっせい》に遭《あ》わないで済んだよ」

帰ってきておばあさんがおねえさんに話しているのが耳に入ったこともありました。

一斉というのは闇《やみ》物資の売買の一斉取締りのことでした。おばあさんがリュックの中身をわたしにおしえなかったのは、万が一のとき、わたしが事情を知らない方がわたしだけでも引っ張られないで済むという思いやりからだったかもしれません。

この頃は、「配給」が始まっていて、「配給切符」がないと物が買えないことになっていました。配給物資でない物が「闇」でした。

ある日おばあさんとじゃがいも掘りをしているとき、遠くの空から微かにキーンという細く鋭い音が聞こえてきたような気がしました。

「空襲じゃないでしょうか?」

「まさか」

おばあさんが空襲を知らせる警報も鳴ってない、空耳でしょという意味でそう言った瞬間、B29がもうほんとうに間近に見えました。わたしたちはとうもろこしの茂みに飛びこみました。

B29というのは、当時日本に爆弾を落としにきたアメリカの戦闘機でした。B29は初めは軍艦が出ていく港とか戦闘機が飛び立つ飛行場を狙っていたそうでした。が山の中の大月などにも焼夷弾を落としたという話が次第に聞こえてくるようになっていました。ですから真木の家でも少し前から家の直ぐ横に防空壕を掘っていました。防空壕というのはB29が来たときに逃げ込めるようにというので、当時日本中あちこちにみんなが掘らされていた大きな穴です。

が、このときはその防空壕に逃げ込む余裕はありませんでした。見通しのいい、茎の丈《たけ》の低いじゃがいもの畑なんかにいようものなら、パイロットに見つかって機銃掃射で殺される。隣のとうもろこしならもう背が高くなっていて身を隠すのにちょうどいい。まさに以心伝心で、二人同時に一瞬で同じ判断をしたのだったと思います。

Ｂ29が行ってしまった瞬間、急にとうもろこしの青臭い匂いがしてきました。そうして野良着《のらぎ》が汗で背中に貼りついているのが不快に感じられました。

何日かして田舎のお盆になりました。この年はわたしはＳ村に帰って、Ｓ村からちょっと山を上った所にある雪枝さんの実家に、一つ下の義妹と遊びにいきました。お昼前だったと思うのですが、わたしにとっては義理のお祖母さんだの、伯父さん、伯母さんだの、近所の人たちだの、大人たちが何だかざわめいているのがただならない感じでした。

お盆が済んで、真木の家に帰ってから、この日何があったのかをわたしは知りました。

「こんなもの、どうしようねえ」

「もともとおれは足が悪いから、こんなものあったたって、直ぐ逃げ込めたわけじゃないがね。逃げこんだら逃げこんだで、真上に来たとき直ぐ這い出せるわけじゃなし」

家の周りを掃いていると、おにいさんとおねえさんが防空壕への降り口の横で、話していました。

「でも、まだＢ29が来るんですよね？」

わたしは口をはさみました。

「あれ、秀子、おまえ知らなかったの?」

「え?」

「戦争は終わったんだよ」

「え?」

「もうB29は来ないの」

「はい?」

「十五日に『玉音放送』っていうのがあってね」

「はあ」

「天皇陛下が、日本は降伏することにしたってさ」

「そうそう、ラジオで天皇陛下のお声が流れてね。聞いてるときは何言ってんだか解んなかったけどね」

　おにいさんとおねえさんがかわるがわる説明してくれました。おにいさんが続けました。

「秀子、天皇陛下って分るか?」

「はい、『朕惟ふに皇祖皇宗…』」

　わたしは「教育勅語」を暗唱してみせました。

「へえっ。秀子はよく本読む子だと思ってたが、小学校四年の途中しか行ってないのによく覚えてるなあ。おれなんか秀子みたいにすらすら言えなかったんで、よく先生に殴られてたっけ」

「教育勅語だか何だか知らないけど、戦争なんかなければ、この人も足怪我しなくて済んだのに」

「おいおい、そんなこと言うと『チョットコイ』だろ」

「何言ってんの、もうだいじょうぶでしょ、特高ももういばれないでしょ、戦争に負けたんだから」

「おっとそうだった。しかしあっちで足ぃ撃たれて使い物にならねえって、早くにかえされてきたおかげで、戦地で死ななくて済んだんだ。何が幸いするか判らねえな」

「ねえ、角の床屋さん、どうにもやってけないから、満州に行くって言ってたけど、無事でいるだろか」

「今年敗《ま》けるって判ってりゃあ、行かなかっただろうにな」

父との訣別

敗戦の翌年、一年間の「お礼奉公」も済んで、わたしは真木の家を後にしました。このときがわたしにとっての本当の「戦後」の始まりでした。

家に帰ってみると真木の家と違い、ろくろく食べるものがありませんでした。雪枝さんはかぶを何列かわざと時期をずらして作って、食べ頃になった列から抜いていました。配給のわずかな米で炊いた水っぽいおかゆにそのかぶを入れて量を増やして、それをすするように食べるのです。米に混ぜるものがせめて大豆とかとうもろこしだったらもう少し腹もちがいいのです。が、そんなものはたとえ店頭に並んでいたとしても高くて手の出るものではないのでした。

とにかく食べ物を買うのが先決ですから、雪枝さんはせっかくもらった配給切符でも、足袋なんかだと余裕のある人に売ってお金に換えていました。

「〇〇さんの娘さ、やっと身二つになったと思ったら、生まれた赤ん坊を…」

近所の小母さんたちが立話をしているところに通りかかったときのことでした。小母さんの一人が口を手で塞いでみせながら言っているのが聞こえました。

「ほら、障子紙を濡らして」

こんな悲惨なうわさが立つ家も一軒や二軒ではありませんでした。が、それを警察沙汰にしようとする人などいませんでした。間引きもやむをえない。そう思うしかない飢餓に多くの人が苦しんでいました。

わたしの新しい働き口を見つけなければなりませんでした。でもわたしはそれまで子守りをしていただけでしたから、何も技術が身についていないのです。女中奉公しか途がありませんでした。

ようやく見つかったのは八代郡の小さい医院でした。そこの主人は甲府で外科医をしていて空襲で焼け出されてきたということでした。わたしは看護婦見習という名目で雇ってもらっていたので、ガーゼや包帯を洗ったりしました。

ある日担《かつ》ぎこまれてきた患者は、顔が真っ青で脂汗を滲ませながらお腹を押さえ「痛い、痛い」とうなっていました。

「盲腸だね、これは。手術するしかないねえ」

わたしは雇い主である医師から、お腹をあけている間中脇《わき》にひかえているように言われました。道具を直接手渡すのは手馴れている奥さんの役目でしたが、汚れ物を片づけたりする手助けが要るからなのだそうでした。

わたしは山で育ってそれまで魚一つおろしたことがありませんでした。手術の間間断なく吐き気がこみ上げてきて、どちらが患者だかわからないような有様でした。

この家で出た食事はわたしがここに来る前に家で食べていたのと変わりなく、来る日も来る日もかぼちゃの雑炊に米粒が浮いているかいないかといったものでした。食事がもう少しましならひょっとすると我慢ができたかもしれません。この家だけはわたしからそう言ってやめさせてもらったように覚えています。

父が次に見つけてきた先は富士吉田の大きな家でした。そこの主人は週の平日は東京で仕事をしていて、週末に帰ってきていました。子どもが中学生から小学校に行かない子まで四人ありました。下の小さい人二人を見ながら掃除や皿洗いをするのがわたしの仕事でした。

料理は主にもう一人の女中さんがするのでしたが、週末にだんなさんが帰ってくるというときには奥さんも台所に立っていました。

たまたま台所の拭き掃除をしているときでした。卵を割る音がしたのでちょっと見上げると、奥さんが黄身だけを一方の殻から他方の殻へ、また逆にと何度か移し変えながら、下に置いたどんぶりに白身を落としていました。それから奥さんは黄身を金《かね》の丸い入れ物に移して、油や塩、お酢を入れてから、割り箸を五、六本片方が箒《ほうき》のように開くようにもう片方を結わえたもので手早くかき回し始めました。

「これを蒸した魚や野菜にかけるのよ」

わたしの珍しそうな視線に気づいて、奥さんが名前を教えてくれました。が、「マヨネーズ」と聞いたか、「ドレッシング」と聞いたかは忘れてしまいました。卵を料理の味付けに使ってしまう。くらくらするような贅沢《ぜいたく》でした。食器を下げてきてから、洗う前にちょっとなめてみました。これで魚や野菜を食べたら十倍おいしくなるだろう。そう思いました。

わたしともう一人の女中さんは、雇い主一家と同じ物を食べていたわけではないのでしたが、それでも余った食材を使っていいのでした。真木の家を勤め上げてからこのかた、まともな食事をしていないわたしにはありがたいことでした。

半年ほどいてお盆休みというので家に帰ったときのことでした。父がこの富士吉田の家にはもう行かなくていいというのです。

真木の家や八代の医院のときと違い、遑《いとま》の挨拶をしてきたわけではないのです。わたしは狐につままれたような気分でしたが、そのときは父がそう言うのに富士吉田に戻るわけにもいかず、後味の悪い思いをしながらしばらく家に居たものです。

だんだん判るようになったことには、これが父のやり口でした。

富士吉田の家がわたしの給金として支払った額は年何百円という程度のものでした。ちょっと東京に出るにも足りないというような額だったと覚えています。この前金の金額というものは裕福な富士吉田の家にとってみれば、残りの期間をわたしがすっぽかしても目くじらを立てて呼び戻す手間をかけるほどのものではないようでした。

どうも父の副業――いえこちらが本業だったのかもしれませんが――の周旋業は多くの場合この類のもの――前金のただ取りだったらしいのでした。女工さんの斡旋を頼んで父にまとまった前金を払ったのにその後一向に来るはずの女の子が来ない。そういう苦情をたまたま方々《ほうぼう》の同業者から聞いて、同じ被害に遭った雇い主が怪しんで警察に通報した。そんなことをわたしは後年聞きました。父はとうとう刑務所に入れられてしまったということです。

父に今度はここに行くようにと言われたのは大月の織物工場でした。父のふれこみではわたしは少なくとも小学校を卒業したことになっていたようでした。

わたしはこの家で初めて機織《はたおり》機の前に座りました。

「おや、秀ちゃん、覚えが早いねえ」

「はい、子守奉公してた家も織物工場で女工さんたちの手つきをよくじーっと見ていたんです」

「ほおっ、秀ちゃんは勉強家なんだねえ」

こんな風に奥さんに誉めてもらうと、渡邊先生の顔が浮かんできました。銘仙が織れるようになったときには担任の先生の親切が思い出されました。


勤め始めて間もない頃でした。

「ちょっと話があるからおいで」

織機に向かっているとき、ご主人に呼ばれたことがありました。わたしは工場を出たところで話を聞こうと立ち止まりました。

「いいから、こっちへ」

ご主人がわたしに手招きします。わたしはそのままご主人一家の居間に上がりました。すると奥から奥さんが服を抱えて出てきました。

「これ、大きさどうだい」

薄い灰色のざっくりした生地（ホームスパン）で作った上着とズボンの上下でした。真木の奉公先で正月に着物をもらったことはありましたが、この日は正月でもお盆でもありません。

「秀ちゃん、生みのお母さんという人がいるって聞いたんだよ」

「え、居所が判ったんですか？」

「何だ、秀ちゃん、知ってたんか?」

少しの間話が噛み合いませんでした。わたしが初め、「生みのお母さん」というのは幼い頃姿を消してしまった母のことだと勘違いしたからでした。

ご主人の話では、その人は下部《しもべ》で芸者をしているというのでした。

下部というのは甲府と静岡県の富士宮を結ぶ身延線の沿線にある温泉町です。手負いの熊が傷を癒しているのを猟師が見つけたのだとか、それを知った信玄の隠し湯だったとか言われているということを、わたしは真木で聞き覚えていました。真木のおじいさん、おばあさんがよく下部へ湯治に出かけていたのです。お坊ちゃんを連れていくときに遊び相手にということだったのか、わたしも二度ほど連れていってもらったことがありました。

「秀ちゃん、お母さんに会いにいくんだからね、きちんとしていった方がいいよ。満江(ご主人の妹さんの名)が洋裁学校に通ってるでね、うまいこと手に入ったホームスパンで仕立てたんだ」

ホームスパンというのはグレーの基調にいろいろな色の糸が混じったざっくりした生地で、紳士服によく使われるものでした。

「ホームスパンのスーツで、おまけに下がスボンではね。でもブラウスだけは襟《えり》が大きいのだからね。戦時中の国民服だのもんぺだのってよりはずっといいでしょ」

そう言って奥さんは、上着の下に着るブラウスも満江さんのものをくれました。

「あ、うっかりした。靴のこと忘れてた。下がズボンなんだし、靴はふだん履きのズックで我慢してね」

わたしがまず訪ねるように言われたのはやはり身延線の、下部よりいくつか手前の落居という駅を降りたところにあるお寺でした。なぜそのお寺に行くように言われたのか、そのときは特に不思議にも思わなかったような気がします。

身延線に揺られながら窓の景色を眺めていると山梨はどこに行っても山ばかりと改めて思いました。

言われたお寺を捜しあてて、こういうわけで来ましたとわたしは事情を話しました。

「ああ、それはそれは。それなら一緒に行きましょう」

そこの住職さんはすぐ出かける用意をしてくれました。

日によってはホームスパンを着ていても薄寒い頃でした。おまけにその日は細かい雨が降っていました。傘の取っ手が冷たいなあと思いながら住職さんに連れられて下部の通りを歩いていくと、向こうからやはり傘をさした女の人が、着物の裾を気にしながら歩いてきます。住職さんが何気なく傘を上げた途端でした。

「あっ」

住職さんは軽く叫びました。その女の人がわたしが訪ねてきたその人だったのです。三人とも傘をさしているのに加え、雨脚が一時《いっとき》強くなりました。住職さんがその人に話をしている中身はよく聞こえませんでした。その人が、一瞬傘を傾けてわたしの顔を覗くようにしたとき、わたしは思わず下を向いてしまいました。

「立話では……」

住職さんの声が聞こえました。

「じゃ、そこを曲がって直ぐの家《うち》でちょっと部屋を借りましょう。雨がひどい。わたしんとこはちょっと遠いですから。そこの女将さんが気さくな人ですし」

その旅館に向かうとき、わたしは少し重苦しい気持ちになりました。その人は頬のふっくらした優しげな顔立ちでした。それだけに、その人が私を喜んで迎えてくれている風ではないのは一層こたえたのです。

その人はお茶を淹《い》れながら、塗り物の鉢に入った煎餅を勧めてくれました。住職さんも食べなさいという手振りをするのでわたしは一枚取りました。堅焼きで、ぽりぽり噛む音が部屋中に響くような気がしました。

「ねえ、住職さん」

その人の切りだしたことには、わたしがその人の娘であるはずはないというのでした。

「いや、だってね、先刻も言ったけれどもこの娘さんはねえ……」

住職さんが続けようとするのを遮《さえぎ》ってその人は言いました。

「もうあれから二一、二三年になると思います、勇造さん、来たんですよ、あの子を連れて」

「あの子」と言うときに、その人の声が少し震えたのにわたしは気付きました。

今まで随分苦労してこの秀子さんを育ててきたんですよ。そう言っちゃなんだけども、養育料を払ってほしいんだがね。そのとき勇三つまりわたしの父は、そう談判したそうでした。

「だからもう、あたしとしてはほんとに精一杯のものを渡したんですよ」

夕方の座敷の代りを朋輩に頼んで、身延線のホームにまで送りにいった。そうしてこれからも娘をくれぐれもよろしく頼みますと頭を下げて汽車を見送った。そうその人は言うのでした。

いきなり実の母親がいるのだと言われても半信半疑でした。その人からあんたとは親子なんかじゃないと言われたところで、それほど落胆は感じませんでした。驚かされたのは、父の所業でした。

わたしのほかに女の子？　そんな子を父が育てていたなどとは考えられない。そうだとすると自分の養女のふりをしていろと誰かを言い含めて下部に連れてきたのだろうか？　他人《ひと》から騙《だま》し取ってまでお金が欲しいのだろうか。そんなことをする人物が自分の父親？　それは認めたくない事実でした。

わたしは真相が飲み込めないままに思いました。

――この芸者さんはわたしのことを実子を騙《かた》って金品をねだりにきたんだと疑ってるんじゃないだろうか。

父を庇《かば》えばわたしが詐欺師、わたしが弁明すれば父が詐欺師。進むに進めない、退《ひ》くに退けない。そのとき、そこまではっきり状況を分っていたかどうか。ともかくわたしは、怒りとも恥ずかしさともつかない感情で顔が火照《ほて》っていたことを鮮明に覚えています

顔が赤いのをその人に見られたくない。父は信用できない。顔が赤いのを見られたくない。父は信用できない。頭の中で二つの言葉がすさまじい速さで追いかけっこをしていました。

旅館を出てから大月にどう帰りついたのか、雇い主に何と報告したのか、それはどうにも思い出せません。

この出来事と前後して、雪枝さんには四番目、五番目の赤ん坊が相次いで産まれていました。五番目の子を産んだとき後産というのが悪くて、雪枝さんは亡くなってしまいました。けれどもわたしは雪枝さんのお葬式のために家に帰ろうという気にはどうしてもなりませんでした。

そのうち何かどうしても済ませなければいけない用があって家に帰ると、驚いたことにまたもや新しい女の人が来ていました。子どもを一人連れている人でした。父はお酒を飲まない人でした。その代わりにということもないでしょうが。

この女の人がまた働くのは大嫌いという人で、わたしや、雪枝さんが遺《のこ》した子ども達の稼ぎを当てにしているようなのでした。わたしはますます気持ちも足も家から遠のきました。

わたしは暮れを心待ちにしていました。自分が働いて得たお金は自分のもの、父や父が四番目

に一緒になった人にまるまる渡すのは厭だと考えるだけの頭はできていました。

　一二月三〇日になりました。同僚が頬が緩むのをおさえられないといった風で家に帰る支度をしているのを横目に見て、わたしはやきもきしました。わたしには音沙汰がないのです。わたしは勇気を出してご主人に言いました。

「今まで働いた分のお給金を下さい」

　するとご主人は、困ったような顔をしました。

「勇造さんから聞いてなかったんかね？　この暮れまでの分はもう渡してあるんだが」

　まさかという驚きとやっぱりという怒りがわたしの中に渦巻きました。わたしはどうしても引き退《さが》れませんでした。

「お願いです。もう家には帰りたくないんです。一人で食べていきたいんです」

　わたしの必死な目を見て、ご主人は大きく息を吐いた後頷《うなづ》いてくれました。ご主人が貸してくれたお金のほとんど全部を周旋屋に払う謝礼に充てて、わたしは新しい勤め先に逃げました。

第二章　上京

幻　想

周旋屋が捜してくれたのは元八王子の織物工場ということでした。わたしはようやく身につけた織り子としての技術を活かせるものと意気込んでいました。

けれども物不足はまだ続いていました。注文があっても材料がないという事情はここでも同じでした。この家もまた、機織の機械を備えているというだけで要するに農家です。来る日も来る日もおおせつかるのは畑仕事でした。

この家では奉公人は箱膳で食事をしました。文字通り木の平たい箱の中に一人分の食器がおさまるようになっていて、食べるときには箱をひっくり返してお膳——今で言ったら一人用テーブルと言ったところです——にし、食べ終わると使った人が使った食器を洗い、その箱の中にしまって、また箱を積み重ねておくということになっているのでした。

真木の家にいたときと違って奥の主人の家族の部屋の様子は全然わかりませんでした。ただどこかの部屋にラジオがあって、そこからいろいろな歌が流れてくるのでした。美空ひばりの「悲しい口笛」がよくかかりました。わたしもしょっちゅうこの曲を口ずさんだものです。

さつまいもを掘っては、箱膳で生温い食事を掻き込んで、またさつまいもを掘る。単調な生活の中で、歌を聴いて覚えて自分でも歌うということがわたし達のほとんど唯一の娯楽でした。いいえ、もう一つだけわくわくすることがありました。そこの家の人達や同僚達がよるとさわると東京の話をしていました。わたしは新参でおまけに年少の部類でしたから、話には入れないものの、いつも聞き耳を立てていたものでした。

「ねえ、見てよ、このスカーフ」

「毛だね、手触りが温かい。でもそれにしちゃ薄くて軽い」

「いいねえ、わたしもこんなのが欲しい」

「あんたになんか買える値段じゃないよ」

「じゃあいくらなの」

肝心のいくらというところがよく聞き取れませんでしたが、値段を聞いた人たちが悲鳴のような声を上げているのが聞こえました。

「でもとにかくどこで買ったかおしえてよ」

「そうだよ、東京はどこも空襲に遭《あ》って焼け野原って言うじゃないの」

「それがあっちこっちに露店がたくさん出ててね」

「焼け残ったビルで、ネオンが点《つ》いたのもあるって聞くけど?」

あるとき何だったか覚えていないのですがどうしても済ませなければならない用ができて、そおっとS村に帰ったことがありました。狭い村のことで、叔母(母の妹)に道で出くわしました。少し立話をしていて「東京」の二文字に話が触れたときでした。

「秀ちゃん、言おうかどうしようか迷ったんだけどね、姉ちゃん、あんたのお母さんさ、今東京にいるっていうんだけど」

わたしは一七、八になっていました。わたしを捨てて出た母を恨むというような気持はありませんでした。寧《むし》ろ母が東京にいる、それならわたしは母を頼って東京に出られるのだ。そういう期待が胸の内で一挙に膨らみました。

いっぱしの織り子になったつもりで雇われたはずが毎日毎日畑を掘ったりならしたり。お百姓仕事は暑いし寒いし、真木でもう十分過ぎるほどやった。「もう嫌だ」こんな言葉が口から出そうになることがよくありました。わたしは叔母に頼み込んで、わたしが上京したがっているということを葉書に書いてもらいました。

しばらくして、東京にいる母の亭主だという小父さんがわざわざわたしのもとに来たのです。そろそろ風が温かくなって過ごし易くなったのはいいとして、これからまた草むしりが大変だ。そんなことを言い合っていた頃でした。

「東京に来てみないか」

小父さんが誘ってくれたのです。それこそはわたしが待ち望んでいたことでした。このとき働いていた家には、今までと違って給料の前借りをしていたわけではありません。辞めることは簡単でした。

わたしは初めて東京の土を踏みました。

きれいな着物の意味

母と小父さんに連れられて着いた先は羽田本町というところでした。元八王子で聞いていたまぶしいネオンとかいうものは一体どこにあるのかしら。わたしは不思議に思いました。どこもかしこも焦げたり、寸法が足りなかったり、朽ちかかったりしている材木を組み合わせてやっと建てたという風の掘立《ほったて》小屋だらけでした。

あっちこっちに丸い茶色い野菜を紐でつなげて吊るしてあるのが目につきました。わたしが玉ねぎを見たのはそのときが初めてでした。野菜が干してあるなんて田舎と同じだ。わたしはほっとしたようながっかりしたような気分になりました。翌朝のお味噌汁の実が玉ねぎだったのですが、味も匂いも長ネギのように強くなくて、これでねぎかしらと変な気がしたのを憶えています。

「この辺りはみんな空襲でやられてさ、焼け野原になっちまって。こうして住むところさえあれば御《おん》の字ってなもんさ」

小父さんも焼け出された一人だということでした。まだ小学校に通っている子が二人いました。後で知ったことには、この子達は空襲で亡くなった本妻との間の子どもだということでした。

小父さんはもともと鳶職人だったのだけれども、ひどい胃潰瘍とかで働ける状態ではないということでした。母にも職がないようでした。一家は生活保護を受けているということでした。

わたしは二、三日の間子どもの物の洗濯をしたり、炊事をしたりして過ごしました。水汲みか何かでちょっとわたしが家を空けている間に、小父さんの言うには、役所の人が来たというのです。

「秀ちゃんねえ、役所の人に言われっちまってねえ。そんな娘さんがいるんだったら生活保護は打ち切るよってさ。困ったよ」

わたしは何を言われているのか一瞬解りませんでした。いい加減出ていってくれ。そういうことなんだろうか。けれども小父さんがただ出ていけと言っているのではないのだと直ぐに判りました。

「秀ちゃんねえ、家《うち》を助けると思ってさ、頼みがあるんだがね」

わたしが怪訝《けげん》そうに小父さんの顔を見ていると、小父さんは煙管《きせる》に煙草の葉を詰めながら、しばらく黙っていました。

「オンリーになってもらえると助かるんだがねえ」

わたしは反射的に母の顔を見ました。母はわたしに目を合わせないまま、何か忙しげに裏に出ていってしまいました。

わたしは羽田に来てもうその日のうちに「オンリー」という言葉を聞き覚えていました。

共同水道で洗い物をしているときでした。掘立小屋が固まって建っている一角から少し離れた所にカーキ色の幌が付いた自動車が止まったのが見えました。そこから大きな襟の白色が身頃の大きな花模様と引き立て合って目を引く、ぱりっとしたワンピースを着た女の人が降りてきました。

「ああ、あの娘《こ》もオンリーになったんだね」

「仕方ないよ。父親が四〇になって兵隊にとられて南方にやられてそれっきりだもの。小さい妹だの弟だのが四人だか五人いるんだってさ」

「随分実入りがいいっていうからねえ」

小母さんたちのそんなおしゃべりが耳に入りました。

次の日にはアメリカ軍の兵士が連れ立って歩いてくるのに出くわしそうになりました。わたしはあわてて物陰に隠れました。アメリカ軍の兵士のあまりの背の高さにわたしは仰天《ぎょうてん》しました。わたしは怖くて膝ががくがくしました。こんな人たちとあんな車（「ジープ」というのだそうでした）に乗る女の人の気が知れない。わたしは思いました。

テレビがまだないときで、「外人」の写真さえろくろく見たことがありませんでした。それに東京にそこまでアメリカ人がうろうろしているということもわたしの知識の外でした。それは、憧れていた街が掘立小屋の連なりだったことより何よりわたしには驚きでした。

後になってわかったことには、アメリカ軍の中でも上の階級の、金回りのいい人たちが、好みの日本人の女の人と「親密な」付き合いをするために多額の謝礼を支払っていたのでした。こういう人達は「専属の」女だということで、「オンリー」と呼ばれていました。

そのときのわたしはまだ「オンリー」がなぜそんなに値の張る服を着られるのか、本当のところはよく解っていませんでした。でもわたしはそんなものになるのはごめんだと思いました。それは言わば直感でした。

母と小父さんがわざわざ元八王子まで汽車賃をかけてわたしを迎えに来たのは魂胆《こんたん》があったからだったのではないか。そう薄々判った気がしました。でも今更《いまさら》逃げ帰ろうにも逃げ帰れる所などありませんでした。費用も、そして何より気持が片道切符でわたしは東京に出てきてしまっていたのでした。

わたしは涙を流して断りました。

「それだけは厭。ほかのことなら何でもしますから」

後になって思えば、わたしはこれで言ってみれば言質《げんち》を取られたかっこうでした。

「深川でちょうどいい働き口が見つかったのさ。秀ちゃん、見ての通りおれも苦しいんだからね」

小父さんと母が相談して決めてきたわたしの働き口は羽田からそう遠くない深川近辺の一軒の店でした。田舎から出てきたばかり、右も左も分らないわたしははいはいと従うしかなかったのです。ただわたしが漠然と想像していた仕事はせいぜい居酒屋の給仕とか仲居とか、その類のものでした。

小父さんの後をついてぼんやり歩きながら、街灯や建物が随分けばけばしいなあと思ったときでした。

「秀ちゃん、行き過ぎちゃ困るな、ここだよ」

わたしは小父さんに呼びとめられました。

この辺りの店はどれも中が外から丸見えでした。さ、早くと言われてその一軒に入ってみると中からも外の通りがよく見えました。小父さんが声をかけると奥から鬢《びん》を気にしながら五〇歳ぐらいの女の人が出てきました。

「ああ、この娘《こ》ね、はい、たしかに」

「女将《おかみ》さん、よろしくお願いします。秀ちゃん、それじゃな」

そう言って小父さんが帰っていった後、小父さんが女将さんと呼んだ人はわたしの顔や身体つきを眺めましたが、それが目線で舐《な》められたような感じなのでした。

「さあて、あんた、そんなかっこうじゃ、出られないわ」

女将さんがそう言って奥からきれいな着物を出してきました。

「さ、当ててみよう」

そう言って女将さんが取り出したのはピンクの地《じ》に何かの花模様が織り込まれた銘仙でした。

――暮らしが大きく変わるときは銘仙を着る。

わたしは真木に発った朝のことが思い出されました。

そろそろ日が暮れるという頃になると、一人、二人と女の人が奥から出てきたり、外から帰ってきたりしました。わたしより少し上の、二〇代半ばぐらいの人がほとんどのようでした。銘仙を着ていた人が目立ちました。入って直ぐの板敷きに横座りに座って煙草を吸う人もいれば、店の前に立っておしゃべりをしている人もいました。どの人も顔が白くて唇が真赤なのにわたしは見とれました。わたしは東京に出てくるまで、それほど濃い化粧をしている人を見たことがなかったからです。羽田でよく見かけた「オンリー」たちもそうだった。そんなことをわたしは思い出しました。わたしはふと不安を感じました。

「わたしもああして化粧をするのですか」

わたしの不安は、わたしも濃い化粧をしなければならないのかということ自体ではなかったのです。が、わたしはこんな聞き方しか思いつかなかったのです。

「あんたはね、まだ化粧しないでいいのよ」

わたしはほっとしました。

「それからね、あんたはまだほかの子たちみたいに店に出ないでいいよ」

店に入って左奥に階段があって、その昇り口辺りに「帳場」がありました。畳が二枚だけ敷いてあって、机が置いてありました。机の上には帳面と鉛筆が載っていました。わたしは女将さんと一緒にそこに座っているように言われました。

女の人が男の人の手を引いたり、腕を組んだりしながら外からガラス戸を開けて入ってきます。そうして帳場に来て女将さんに何か言う。それから二階に上がっていく。二組、三組とあわただしく帳場に寄っていくかと思うとしばらく静かになる、そんなことの繰り返しでした。女将さんは女の人に何か言われるとその度に帳面に字や数字を書き入れていました。

ある夜普段よく来る客に較べると白髪が目立つ人が店に入ってきました。その人はわたしの顔をじろじろ見ました。わたしは横を向いてしまいました。見られるのが恥ずかしかったからというより、その人の顔を見たくない気がしたのです。その人が女将さんに何か聞きました。

「はいはい、お待ちしてました」

女将さんはそう言うと、その客を一階の奥の部屋に案内していきました。直ぐにスリッパの音をパタパタさせながら戻ってきた女将さんは、わたしを促しました。

「いいお客さんなんだからね」

女将さんはわたしをその部屋に連れて入る前にそう言いました。いい客だからどうしろというのかわたしにはわかりませんでした。が、女将さんは入り口で客に愛想笑いをしながら会釈をしたなり部屋を出ていってしまいました。

もしもそれまでに映画でも見たことがあれば、遊郭《ゆうかく》というものが昔からあること、それがどういう所なのかということを知っていたかもしれません。が、わたしはその店に来るまでそういったことを全く知らずにきたのでした。

わたしは自分の身に何が起こったのか、ろくろく理解できないままでした。

その客が帰ると直ぐ、わたしは女将さんから言われました。

「水揚げが終わったんだ、今から化粧をして、みんなと同じに働いてもらわなきゃね」

みんなと同じとは、店の前に出て通る人を誘って引っ張ってこなければならないということだと判りました。でも化粧にしても、他の人から「耳と首だけやたら黒いわ」と笑われる始末でした。それまで口紅一本もったことがないのですから仕方のないことでした。そういう覚束《おぼつか》ない化粧を、するだけはしたものの、わたしはいつもなるべく他の女の人の陰に隠れるようにしていました。そうして、通る男の人と視線が合わないように合わないようにしていました。

一か月ほどして朝御飯をみんなで食べているときだったと思います。一人がこんなことを言い出しました。

「ねえ、水揚げがいくらかって、どうやって決まるわけ?」

「だって誰だって同じでしょ?」

「あら、知らないの、この妓《こ》はいくら、あの妓はもうちょっと取れそうだって女将さんたちが決めるんだよ」

こんな会話の中で、わたしの水揚げに支払われたのが五千円だったと知りました。

その五千円を、羽田の小父さんはすぐに取りにきていたということも後からわかりました。


羽田の小父さんは毎日のようにお金を取りにやってきました。

「このままここにいるとあんたは殺されてしまうよ」

ある日、女将さんがそう言って、輪タク屋を頼んでわたしを逃がしてくれました。輪タク屋というのは幌をかけたリヤカーに客を乗せて自転車で引っ張る、人力車とタクシーを足して二で割ったようなものでした。

もっとも逃がしてくれたといっても、違う街の同じ種類の店に移されたというだけです。

新しい店は浅草の中の京町という通りに面していました。

わたしは相変らずそういう店にいる他の女の人のようにはとても働けませんでした。京町は浅草の中でもとりわけ、化粧も垢抜けていて女優のように華やかな人が集まっているところなので

した。

こういう店で客がつかないまま時間を送ることを「お茶をひく」と言っていました。わたしは幾晩もお茶をひきました。

――あのまま元八王子にいれば。

黄八丈の明るさがわたしは好きでした。まだ黄八丈は織ったことがなかったっけ。お茶をひきながら、ふとこんな後悔の念がよぎることがありました。

わたしは「くらがえ」といって、他の店に移ることを勧められました。

今度の店は街の外れの方にありました。ですから店の裏側の路地を隔てて反対側には普通の民家が並んでいました。

一見して銭湯帰りとわかるお客がせわしく入ってきてあっという間に帰っていくこともありました。消防署の制服を着た人が店に来たのを初めて見たときには何事かと思ったものです。

わな

この店では、財布の中身が足りるか冷や冷やしながら通ってくるお客も多いのでした。化粧もまだまだぎこちないわたしが、気易く「指名」できる、客を馬鹿にしない、というようなことで、ここでは少しずつ人気が出たらしいのでした。だんだんお茶をひく日は少なくなりました。

でもそれはそれで大変なことがあるのでした。たいていの店は夕方からぼちぼち開き始めるのですが、忙しくなるのは遅くなってからです。三〇分でいくら、一時間だといくら、泊まっていくといくらというような「花代」、つまり「料金」の決め方がしてありました。日によっては「時間花」の客が何人か続いて、明け方近くまでずっと働き詰めということもありました。

こういう所に来る客には、まずは妓《おんな》とゆっくりおしゃべりをしたいという人が多かったものです。がおしゃべりと言ってもこちら側から言えば、気の合う相手を選んでしゃべりたいことをしゃべれるものではありません。その正反対でした。宵の口ならまだしも、夜中の一二時を過ぎ、一時を過ぎとなると、こちらは眠くて眠くて仕方がありません。

「おいおい何だよ、ご挨拶じゃねえか」

客の話に興味が湧かないのでいい加減な相槌を打っているうちに、ついうとうとして、肩を揺すられてそんなことを言われたこともちょくちょくありました。

うっかり舟を漕いでしまったときのことです。そのときの客が、言いました。

「いい薬があるぜ、これをやると眠くならないんだよ」

その客が言うには、その薬には「食べなくても平気」で、「わいわい騒げる」、「すごい効き目」があるのだそうでした。

「そんな便利な薬があるんですか」

わたしは半分はお愛想でそう言っただけでした。がその客は身軽く立っていって、背広の内ポケットから何か取り出しました。

それは注射器でした。

「えっ、注射するんですか」

「何、痛いもんか、それよりじゃんじゃん働ける方がおまえだっていいだろ」

やはりやめておきますとは、もう言い出しにくい口調でした。

その薬はヒロポンという名前だそうでした。覚醒剤のことを当時こう言っていたのです。自分で腕に注射する。今はもうぞっとすることです。が、その頃はあっという間に怖いとは思わなくなりました。

買うことも注射することも法律で禁じられているということは後から知りました。でも一度中毒になってしまうと、そうと知ったところでやめられるものではありません。

だんだんそれまでの量では効き目がなくなりました。アンプルの封を切って注射器に入れ、打って、足りないので直ぐまた次のアンプルをというのでは厭ですから、太い注射器を使うようになりました。注射器をいちばん太いのにすると今度は利き腕の右手の親指だけではピストンが押せないのでした。それで針を腕に刺してからピストンの頭を壁に押しつけ、体重をかけて打つようにしていました。注射器を太くした当座は、それまでより間遠《まどお》になりました。が、しばらくすると注射と注射の間隔はだんだん縮まってしまいました。そんなことをしていますから腕のあちこちが針の跡だらけ、それで仕方なく夏でも長袖のブラウスを着ていたものでした。

街で腕を腋《わき》に押しつけるような変な姿勢で歩いている人が目につくようになりました。こういう人は、長袖では暑くてがまんできない人たちでした。それで注射跡を隠すためにそんなかっこうになるのでした。

――何て見苦しい。

そう苦々しくつぶやくわたしは暑さを我慢できる自分を誇って、そんなことは誇るに値しないことを忘れていました。


こうしてある程度「働ける」ようになると、自分にめざめたというのでしょうか、身につける物などをいろいろ買い揃える楽しみも覚えました。

これも今から思うと信じられないことですが、何月何日にはいくら収入があって、幾幾日にはいくら使って、だから残高はいくらというようなことはまったくわからないで買物をしていました。その種の店でははっきりした日給とか月給とかが決まっていたわけではないのでした。それでも普段の生活に不自由しないで済むようになっていたというのも今おもえばおそろしいことでした。

例えば化粧品です。こういう店で働く女たちにとっては、言ってみれば商売道具でしたが、会社の人が頃合を見計らってはやってきていました。

「乳液はまだありますですかねえ」

「コールドクリームがもうそろそろないの」

こんなやりとりの後、空になりかかったびんに足していくのです。富山の薬売りと同じです。その勘定は「つけ」でいいのでした。

この会社は、今も化粧品の訪問販売をしています。客層は豊かな家の奥さんのようです。テレビのコマーシャルでその会社の名前を見ると、その頃付けていた香水の匂いが思い出されていつも一瞬息苦しくなります。

外で買物をしたいときには帳場に行って、いくら要るんですとおかみさんに言います。するとおかみさんがお金を渡してくれて、帳簿にその金額をつけておくという仕組みになっていました。

駆け落ち

「売れる」にしたがってだんだん馴染客というものができました。その中に靴職人がいました。わたしのいた店の近くには靴を作ったり売ったりする家の固まっている筋がありました。

「注文が多くって間に合わないくらいなんだ。ほんとはおまえのとこに毎日でも来たいんだけどな」

口癖のようにその人は言っていました。

サザエさんの中にこんなのがあります。マスオさんがカツオに内緒で出かけたいので、ちょっと煙草でも買いに行くだけだと見せかけるためにわざとサンダルで外に出ます。サンダルでは遠出できないので、さおの先に、玄関にある自分の革靴を引っ掛けて履き替え、こっそり出かけようというのです。ところが、通りがかったおまわりさんに見つかって疑われる。そういう筋です。そんな漫画が描かれるほど、革靴はわざわざ盗むに値する貴重品だったのです。戦争が終わっても、そういう物がない状態が何年も続いていました。


「ねえ、手に職があっていいわねえ」

「そりゃな。親方によく殴られたもんだけど」

「ねえ、手に職があれば、ここでなくたって暮らせるでしょ?」

「そりゃな」

「ねえ、あたしのこと好きでしょ?」

「そりゃな」

「あたし、ここを出たいの」

「えっ?」

「もうここの暮らしが厭になっちゃったの。わかるでしょ?」

「そ、そりゃな」

「どっか、行くとこない?」

若いときのことでよく憶えていないのですが、わたしはこのときちょっと温泉にでも行けたらというぐらいの気持でいたような気もするのです。

「おいらの田舎の家にならな、母屋《おもや》の横に小屋があって、寝泊りもできるんだが…」

わたしはもう心だけがその小屋に向かって飛び出している感じでした。

「お願い、連れていって」

わたしはクスリ漬けになっている自分の行《ゆ》き先が不安なのは確かでした。わたしを目当てに通ってきてくれるその靴職人に、わたしと所帯をもってくれる気があるのだったら。そうすればクスリをやめられるだろう。

「ね、じゃ、明日ね。絶対迎えに来てよ」

その人の故郷は東北のある県でした。汽車に乗って知らない土地に行く。わたしはわくわくしました。

上野駅を出てしばらくは車室が人いきれでむっとしていました。それがどうもうすら寒くなってきたなとは思っていましたが、その人の田舎の駅に降り立ってみて、まさか雪が一面に積もっているとは思いませんでした。わたしはスカートにハイヒールでした。そのくらいの持ち合わせはあったので、タクシーに乗っていくことにしました。

田舎の人は、普段寝起きしている棟以外に、同じ敷地に離れとも納屋ともつかない建物を持っていることがよくあります。その人が言っていたように、その人の田舎の家にもそういう空いた棟がありました。

「今晩はもう遅い。ひとまずここで寝よう」

その人はそう言って、木の引戸を重そうに開けてくれました。

「ほら、こりゃあ二階なんだぜ」

「ほんと？　随分積もるのねえ」

前もってこの日帰ると連絡しておいたというわけでもありませんでした。部屋にはもちろん火の気がありませんでした。が、建物が雪に閉ざされて、言わばかまくらのような状態になっていたからだったのでしょうか、中はそれほどは寒くなかったように憶えています。生まれ故郷で、素足に草履履きで、氷の張った川に水汲みにいっていたわたしは、寒さに強くできていたのだったかもしれません。

土間にあった薪ストーブに火を点けてもらって、しばらくあたっていると、眠気に襲われました。

「おい、まだ寝てるのか？」

翌日起こされたとき、眠くて倒れそうなのに、同時にそこいら中を暴れ回りたいような凄まじい力が体内に溜まっている、そんな混乱した感覚でした。頭の中がもやもやしているのにどこか一点だけ冴えているところがあって、「クスリだ、クスリが切れたからこんなに苦しいんだ」というせりふが、頭の中のその一点を中心に、傷んだレコードのようにぐるぐると鳴り続けている感じでした。

「ごめんね、東京に帰る」

そう告げるしかありませんでした。

考えてみれば、京町ではわたしにヒロポンをおしえた客が、足繁く店にやってきていたのでした。客として登楼《あが》ることもあれば、そうでないこともありました。わたしの知らないうちに来て、羊羹《ようかん》か何かの包みに忍ばせて帳場に預けていくということも時々ありました。なくなった、困ったとも思う隙《ひま》もなく直ぐ手に入る。それもつけで。今まで総額いくら費《つか》ったかも判らない。こんな買い方を化粧品だけでなくクスリでもしていたことが早くも裏目に出ました。どのくらいで何日もつのか、自分で計算して買い足していたわけではなかったのです。

店を出るときありったけの「クスリ」をかばんに詰めてきてはいました。が、たまたまもう残り少ないときで、一昼夜分にも足りない量でしかなかったとは、足りなくなってから気づいたことでした。もっともそれなら一生困らない量のクスリというものを買いだめしておくことができたかと言えば、それもまたありえないことだったでしょう。

「いったいどうしたっていうんだよ」

その人はそうも言ってくれました。

「母屋に来てさ、おまえを連れてきたって紹介するから」

そうも言ってくれました。

「腹減って気が立ってるんじゃないんか。朝飯食って落ち着けよ」

そうも言ってくれました。

ところがこうして引きとめてくれているときも、その言葉の言わば字面を理解することだけはできても、自分の気持、状況を解ってもらえるように説明する気力がないのでした。

「クスリよ。なきゃだめなのね、やっぱり」

わたしは別れ際にこう言うのがやっとでした。

わたしは東京に帰って落ち着いてから、手の指の付け根辺りの目立たない所ではありますが、その人の名前を彫りました。ありがとう。ごめんね。忘れないわ。そんな気持でしたことだったはずなのですが、今になってみると、駆け落ち相手をどのくらい好きだったものか思い出すことができなくて、残っているのは入れ墨ばかりです。その人の消息はわかりません。

黒のタイトに真知子巻き

京町の店に着きさえすれば楽になる、ただそれだけを思い続けてきて、上野駅で降りた瞬間、わたしは我に返りました。黙って店を出てきたのだった、それも二度と帰らないつもりで出たのだったということを、ぶり返した歯痛のように思い出しました。

大した量ではないにしても、少なくとも一泊や二泊の旅行であろうと見て直ぐ知れるボリュームの荷物を、隠しようもないので、両手に持ったまま店先に立って首を伸ばすようにして中を覗いていると、女将さんが寝起きの化粧っ気のない顔で奥から出てきました。

「銭湯にでも泊ってきたのかい！」

わたしが店の前に立っているのを認めると、女将さんは怒鳴りました。ぺこんとお辞儀をして、わたしはスリッパに履き替え、自分の部屋のある二階にあがりました。階段の下で舌打ちが聞こえたような気がしましたが、それ以上特にはとがめられませんでした。ベッドに倒れこんだきり、もうこのまま死ぬかもしれないと思うほどぐっすり眠り込みました。

「朝ご飯、食べるの食べないの」

そう言って隣の部屋の主が起こしてくれてやっと目がさめたのですから、まるまる一日寝ていたことになります。他の人たちが茶碗を洗いに立ってしまった後もぼそぼそ噛んでいると、おかみさんが入ってきました。

「あんた、一体どうするつもりなのよ」

女将さんが怒ってはいるものの、もう嵐は通りすぎたものと楽観していたわたしはきょとんとしていました。

「昨日の晩の一〇時頃、あんたをお目当ての野村さんが来たのに、あんたが出てないじゃないの。部屋に呼びにいって、何度も身体を揺すって、やっと返事をしたかとおもえば、眠いんだから帰ってもらってだって。冗談じゃないわよ」

帰ってもらってなどとは言った覚えがないのでしたが、じゃあお金をくださいよ「クスリ」さえ打てばばりばり働けるんですからとおおっぴらに頼むのも心配でした。女将さんはヒロポンを売りにくる客とぐるなのではないか。かねてからわたしはそう睨んでいました。が確信はありませんでした。

収支がどうなっているのか。それがわからないままわたしは働いていました。ほかの部屋の人もそうだったのではないでしょうか。欲しいお金は、もともとわたしのものなのか、貸してもらわなければならないものなのか。わかっているのは今手元に現金がないということだけでした。

波のように押し寄せてくるしつこい眠気といらいらがまた襲ってきました。

「そりゃすみませんでした。もうここじゃ働かないわよ」

こんな言葉が口をついて出てしまいました。

もうこのときは働くといってもその類《たぐい》の店しか思いつけません。それまでいた界隈《かいわい》で移る気はしませんでした。深川近辺に戻るのはもっと厭でした。この種の店が集まっている街は聞き知っているだけでも十近くありました。が、それまでいた街より、一段下のように言われていた所がほとんどでした。格が落ちない街として名前が思い浮かぶのは新宿だけでした。

似た店の固まっている界隈《かいわい》をさがし当てて、きょろきょろしながら、ほんの二、三軒通りすぎただけで、「従業女性求む」と貼紙をしている家が見つかりました。あれこれ迷ったところでどうなるものでもありません。わたしは覚悟を決めて、その店につかつか入っていきました。

「働かせてもらえませんか」

その店の女将さんは、わたしを頭のてっぺんから足の先までさあっと見たかと思うと言いました。

「じゃ、今晩ちょっと働いてみてよ、様子次第じゃあ雇ってもいいわ」

初めて自分の意思でした「くらがえ」でした。とにかくその晩だけでも寝る所ができた。そう安心して「い」の一番にしたことは、近くをちょっと歩いて、その辺をぶらぶらしているやくざをつかまえてクスリをもってきてもらうことでした。道を通る誰に頼めばいいか、知らない土地でも直感で判るようになっていました。

寒いときでした。背が高くないわたしは、今はよくあんなに高いヒールがはけたと思うくらい高いヒールの靴を先ず選びました。となるとスカートということになります。コートがなくては寒くてとても外に立っていられません。それなら一番目立つ色は赤。コートが赤なら黒のタイトスカートが合う。それから白い「真知子巻き」。そういうスタイルでよく店の前に立ちました。自分で決めた一種のトレードマークでした。あ、あの娘《こ》がいるじゃないか。そう見つけてもらい易いのでした。

真知子巻きというのは、「君の名は」というラジオドラマのヒロインの真知子のスカーフの仕方でした。長いスカーフを頭にふわっとかぶり、首で一回交差させて、両端を肩に垂らすのでした。このラジオが始まる少し前になると、どこの銭湯でも女湯ががらがらになると言われたほど人気のあったドラマでした。映画化されるとそのポスターがどこに行っても貼られていました。若い女は競って真似をしていたものでした。

店の前で客引きをするのは寒くて寒くてかなわないので、真知子巻きはありがたい流行でした。こうしてどうしたら客の目を引くかを競い合っている輪に、決して加わらない人がいました。その人はスーツや、白いブラウスにグレーのプリーツスカートといった服を着て夕方やってきて、そのまま店に出ていました。化粧も、アイシャドー、マスカラまでしっかりつけるというのが当り前の世界で、その人は店に入った後薄く口紅を引くぐらいでした。その人専用の部屋はあるのでしたが、他の人のように窓にレースのカーテンをかけたり、小引き出しの上に花瓶を置いたりということはありませんでした。そして毎日一二時ちょっと前には必ず帰っていくのでした。

「先生なんだってよ」

遅い朝ご飯をいつものようにみんなで食べているとき、誰かが言い出したことがありました。

「先生みたいな堅《かた》いかっこうして、お客の気を引こうってんじゃないの?」

「本物だかにせものだか知らないけどさ、あんなだと服にも化粧にもお金がかからなくっていいじゃない。あたしもやろうかな」

「あんたじゃお茶ひきが多くなるだけだよ。顔つきからして御里《おさと》が知れてるってもんだ。白く塗ってやっと一人前」

「言ったね」

「やめなよ」

ただでさえ朝はだるいという人が多く、おまけに店に来るまでのいきさつは、自分のことも仲間のことも詮索《せんさく》しないのが暗黙の約束事になっている世界で、こんな会話は珍しいことでした。

ちょうどこんな話をした日のことでした。思いがけない「おのぼりさん」が来たことがありました。ある日の夕暮れ、店を覗き込んでいる客の顔を何気なく見ると、小学校の同級生だったのです。ちょっとしたことで直ぐ泣く、泣く度に鼻水を袖口でこする、それで袖口がてかてかしている、それが汚いといってわらわれる、それでまた泣くといった風の子でした。

わたしはとっさに走り出ていって元同級生を路地の入り口辺りまで引っ張っていきました。

「ここはあんたの来るところじゃないわ。早く帰んなさいよ」

わたしはそう言って、元同級生の背中を押して駅の方に追いやりました。

その間というもの、その元同級生は一言も口をきませんでした。一瞬だけわたしの顔を、それと分《わか》った目で見つめたような気もしましたが、どうだったか。わたしと判れば、村に帰って、「こんな所にこんな人がいたよ」と言い触らすかしら。その人と別れた後になってみれば気がかりでなくもないのでした。それともこんな所に行ったと知られたくないので黙っているかしら。連れ出した瞬間はそんな迷いは頭になかったので後悔しても仕方ないことでした。

こんなできごとがあったからだったかどうか、前後は憶えていないのですが、ふとカヨさんのことがしきりに思い出されて、葉書を書いてみたことがありました。葉書を書くのは、これが初めてだったかもしれません。田舎のことで、番地など判らなくてもちゃんと着くということは知っていました。

何日かしてカヨさんからの返事が届きました。わたしの住所を、店の名などは書かずに番地だけは書いておいたからでした。

「秀ちゃん、秀ちゃんが見つかったと、大騒ぎになっていますよ。お願いだから一度村に帰ってきてください。秀ちゃんがいないとどうしても片付かないことがあるのです」

こんな文面だったと思います。

わたしがいなければ片づかないことというのは、要するに父の借金の始末でした。父は雪枝さんの葬式の費用に困って、地主の浅井さんからお金を借りたそうでした。ところが、その後父は刑務所に入れられてしまったのでした。

「返してもらえる見込みもないだろう。家売って金作ってもらおうとしたがね、雪枝さんは籍に入ってなかったんだねえ。それではんこをもらいたくても雪枝さんじゃだめなんだ。それだのに後継ぎのあんたの行方がわからんので、困ってたんだよ」

刑務所に居ようが、父が家の持ち主であることには違いなかったので、わたしがはんこを押すのも変だったかもしれない。そう思うのは今になってからで、そのときは頭を下げて謝って、どうぞよろしいようにと言うことしか思いつかなかったのでした。

家を売ってできたお金から借金を返した後辛うじて残ったいくらかの現金、ほんとうに僅かな額を浅井さんから受け取って、わたしはS村を後にしました。新宿に着いて、わたしはその足で三越に行きました。家を売った残りにしてはあまりにはした金で、持っているとかえって気が滅入りそうでした。ちょっと気の利いた浴衣を一枚買うと、そのお金はきれいになくなってしまいました。小学校をやめさせられて奉公に行って、そうして稼いだお金が、この浴衣一枚？

「はっ、はっ、はあ」

溜息《ためいき》ともつかない変な笑い声が思わず出てしまい、売り場ですれ違った人に振り返られてしまいました。

後年父が刑務所の中で亡くなったとき、遺体を引き取ってくれたのがカヨさんでした。

「雨露さえしのげれば、と思っていたときにお家《うち》に寄せてもらってどんなに助かったかしれません。子連れのわたしの再婚相手を見つけてもらってお仲人もしてもらったのです。秀ちゃんさえよければ、わたしがしますがいいですか。お返事をください」

カヨさんはそのとき、そう書いてわざわざわたしに問い合わせてきてくれたのでした。


新しい街に来たにもかかわらず、誰に聞いたのか羽田の母が訪ねてきました。が、少々のお金はあげられるほどにわたしは「働ける」ようになっていました。もっとも売れっ子になるということは「クスリ」といっこうに縁が切れないということでした。

「クスリ」の受け渡しは、決まった家に行って取ってくるようにやくざに言われていました。

その家は普通の仕舞屋《しもたや》でした。もっともその家も警察に目をつけられています。ですからその家には目立たないように必ず「スッピン」で行くことにしていました。クスリはその家の中に隠してあります。その隠し場所を聞いておいて、そこから持ってくるのです。よく隠してあったのは長押《なげし》でした。

そうして用心してもやっぱり冷や冷やします。行く途中で「おまわり」を見かけるとその日はあきらめて、ずいぶん遠回りをして帰ってくるのです。首尾よく手に入れたときも、帰り途でみつかったら大変なのでブラジャーに隠してきたりしました。

「クスリ」を隠し持っているときもですが、持っていないときまで電信柱が「おまわり」に見えて息が止まりそうになったことも度々でした。そこに浸《つか》っているときは自分が見えないものです。幻覚。そんな禁断症状が出るというのは身体が既に大変な状態だということなのに、その頃はそうとは気づきませんでした。

「何だ、おどかすんじゃないよ、ああよかった」

こんなことを道でぶつぶつ言っているのが、もし通りがかった人に聞こえたらどう思われたことでしょうか。

脱出

新宿は京町辺りと違って組合がうるさいところでした。毎月病院に行って検査を受けなくてはいけないというのです。検査というのは性病にかかっていないかどうか調べるのでした。

少し前からわたしは咳に悩まされるようになっていました。

「あんた、今度病院でついでに診てもらった方がいいよ」

あまり度々咳込むので、店のママから言われていました。（新宿では帳場にいて客の案内だの金銭の出納《すいとう》だのをする人を「女将さん」ではなく、「ママ」と呼んでいました。）咳だけでなく熱っぽいのが自分でも気になっていました。

次の検査のときに内科にも行ったわたしを診た医師が言いました。

「とにかくツベルクリン反応を見ておきましょう」

医者がわたしの腕に針を刺したところみるみるうちに周りが赤くなりました。医者も驚いたようでした。直ぐ店に連絡が行ったと見えます。

「もう店に出なくていいよ」

帰るなりママにそう言われました。翌朝ご飯を食べにいくと仲がよかった人にこう言われました。

「ちょっとあんたの部屋で待っててくれない、あたし達、直ぐ終わるから」

みんなわたしと目も合わせたくないといった風でした。わたしはまる一昼夜自分の部屋で寝ているしかありませんでした。

昼前になって、保健所の人が来ました。わたしは直ぐに入院するように言われました。「クスリ」がもう切れていました。わたしは眠くて眠くて、朦朧《もうろう》として言われるままに京王線の幡ヶ谷の病院に連れていかれました。

このときわたしの持っていった物といったら布団と洗面用具だけでした。買いためていた洋服や宝石、ちょっと洒落《しゃれ》た飾り彫りの入った鏡台。そういうものは全部店にとられてしまったのです。京町の店を出たときと同じでした。わたしに借金があるのかないのか、はっきりしないままでした。「クスリ」に稼ぎを相当注《つ》ぎ込んでいたので、借金があっても不思議ではありませんでした。がそうだとしてもそれがいくらなのかが曖昧《あいまい》でした。でも店の方が損をしたということは多分なかったと思います。そういうものでした。

私は病院で三日三晩眠り続けました。「食事ですよ」そう言ってくれるのが何度か聞こえたような気はするのですが、眠くて眠くて、目を開けることさえできないのでした。

やっと目が覚めた瞬間はびっくりしました。何がなんだかわかりませんでした。しばらくぼーっと辺りを見回しているうちに点滴管が目に入りました。入院していたのだとわたしはやっと思い出しました。

頭がすっきりしたと思いました。急に猛烈にお腹が空いてきました。しばらく食べていなかったので胃腸に負担をかけてはいけない。そういった理由で丸一昼夜ほどはお粥《かゆ》しかもらえず、閉口しました。

眠りから覚めてみれば早速困るのが財布の軽さでした。着替えたくても着替えがありませんでした。着替えを買いたくても買うお金がありませんでした。文字通り着の身着のままの入院でした。後から要るものを届けてくれる家族も友人もわたしにはいませんでした。

桜井さんという馴染み客の一人が勤め先をおしえてくれていました。わたしはそこの番号に電話をかけて窮状を訴えました。

桜井さんは店に来たときには必ず帳場で「泊ります」と言ってくれました。桜井さんは何を扱っていたのか、太平商会という名の会社に勤めているとおしえてくれていました。地方の豊かな家の子らしいことが話の端々からわかりました。それで親御さんから多少の援助をしてもらっていたのかどうか。それにしても泊りの花代三千円は大変な額だったはずです。桜井さんはまだ若くて、月給が一万円そこそこだったのですから。しかも、店に支払わなければならない花代とは別口に、「これは好きに使いな」と言って渡してくれるその額が、桜井さんは必ず他の客より多めでした。

「何とかやめられるといいんだがねえ」

桜井さんはわたしの腕を持ち上げてそっと撫でては、こう言ってため息をつくのが常でした。桜井さんが必ず「泊り」にしてくれるのは、朝までぐっすり眠れるように、「クスリ」の世話にならなくていいようにと、わたしを思いやってくれてのことでした。

客が帰るとき、送るのは店先までがせいぜいでした。でも桜井さんのときだけはわたしはさっと着替えてよく駅近くまで送っていきました。

「今日はわりあいゆっくりできるんだ。ちょっと遊んでいこう」

そう言ってパチンコに連れていってくれることも時々ありました。桜井さんと店の外で過ごす。

それはわたしにとって一番楽しいひとときでした。

「『クスリ』をやめられたんだね」

電話器の向こうで、そう言って桜井さんは本当に喜んでくれました。

「よかったねえ、入院できて。入院してよかったなんて、普通なら言わないけどねえ」

わたし達は笑い合いました。

翌日封書が届きました。桜井さんは千円札を四枚も送ってきてくれました。


当時新宿駅の東口に、何か高い棚とも塔ともつかないものが造ってあって、そのてっぺんに本物の自動車を飾ってありました。目立つ広告なので、待ち合わせの目印によく使われていました。外出が許されるようになると桜井さんとわたしは時々そこで会いました。

桜井さんと会った夜はつい帰りが門限の八時を過ぎてしまいます。そうすると院長先生か看護婦さんが必ず奥から出てきました。

「ちょっと腕見せて」

そう言われると、わたしは袖をたくし上げて見せなければなりませんでした。どこかでヒロポンを手に入れて打ってきたのではないかと心配してくれてのことでした。

「いやですよ、もうきっぱりやめたって言ってるじゃないですか」

わたしはいつもこう言ってむくれてみせていました。がそれはわたしの演技でした。実は入院直後から眠り続けて三日三晩、それだけ長くクスリを打たずに過ごしたというその程度のことでは、まだまだ「クスリ」が要らない元の身体に戻れないでいたのでした。

食事ができるようになったからには、点滴を受けることはなくなります。それが曲者《くせもの》でした。点滴を受けているときは、腕に注射針が刺されていますから、どうも「クスリ」を打っているような錯覚があったらしいのです。点滴がなくなるとこの錯覚もなくなったというわけです。

「ヒロポンみたいに頭がすっきりする成分が入っているらしいよ」そう聞いたことがある風邪薬を何度か買い込んできて飲んでいたことなどは、病院はもちろん桜井さんにも言えないことでした。嚙むと鼻がすっと通ったような感じになる辛いガムで気を紛らせることもよくありました。

結核がなおっていようがいまいが、まだまだしばらく入院していることがわたしには必要でした。

第三章　踊り場

入院中に稼ぐ方法

入院して直ぐ、保健所の人だったと思うのですが、わたしを訪ねてきて言いました。

「生活保護費が出るように書類を作ろうとしたんですがねえ、あなたの名前が役所の記録に載ってないんですがねえ」

「そんな馬鹿な」

だってわたしは山梨県のこれこれこういう所で、昭和五年四月二九日にこういう両親のもとに生まれて、こういう小学校に通っていたんですよ。わたしは一所懸命そう説明しました。

「そうですか、それじゃあもういっぺん調べてみますがねえ」

そうしてその人が、S村の役場に散々問い合わせをしてやっと取り寄せてくれたというわたしの戸籍。それを見て、わたしは目を疑いました。わたしの名の上に「養子」の二文字が記されていました。

明日から学校に行かなくていい。そう父ちゃんが言ったとき「かわいそうだけどな」という一言さえも、付け加えてくれなかった。急にそんな記憶がふつふつと湧きあがってきました。学校を途中でやめさせられたことが、それほどの悲しみとしてわたしの心の底に沈殿していたことに、そのときわたしは初めて気がつきました。

下部《しもべ》温泉に行って恥ずかしい思いをしたことも脳裏をかすめました。なるほどそういうことなら、事情を多少知っている人が秀子の生みの母親は誰々なんだと大月の工場主におしえる人がいてもおかしくないわけだ。

「養子」の文字は、ありがたくない桎梏《しっこく》から解放されたという乾いた爽快感のようなものを喚《よ》び起こしました。が、わたしの毎日にそれ以上の影響を及ぼすことはずっとありませんでした。本当の両親はどこのどんな人なのだろうとゆっくり想像をめぐらせる。そんなことには気持の、生活の余裕が必要でした。そうしてそういう余裕はわたしにはありませんでした。

わたしは無事生活保護費をもらえるようになりました。が、その額は月たったの六四〇円でした。そのとき豆腐が一丁一五円だったことを覚えています。豆腐にして四〇丁ほどの額で何が買えるでしょう。

桜井さんに入院直後にもらった四千円はあっという間になくなりました。その後わたしは既に何度か桜井さんに電話をしていました。そうそう桜井さんに頼ってばかりはいられません。もう咳は出なくなってるんですからと頼みこんで、時々店でアルバイトさせてもらっては息をついていました。

ところがその手も効かなくなってしまったのです。一九五八年（昭和三三年）の春でした。そういう店はもう全部閉じなくてはならなくなったのでした。「売春防止法」という名前の法律を守らなければならなくなったからだそうでした。

「何だかよくわからないけどさ、外国に恥ずかしいからだとかなんとかお偉いさんが言ったらしいよ。外国ってどこのことだろ。外国にはほんとにこういう店はないのかねぇ」

店のママがぼやいていました。

「明日からどうやって食えっていうのよ」

半泣きになっている人もいました。

「ね、おかみさん、とにかくこのままここに居させてよね。店、廃業したからって直ぐ壊すっていうわけでもないんでしょ。帰るとこなんてないんだから」

こんな風に頼んでいる人もいました。

「お目こぼししてもらってもう一年や二年店を続けられないもんかねぇ」

店のママはあきらめきれないといった風でした。

「闇が増えるだけじゃないのかねぇ」

店のママにはママなりのプライドがあるようでした。

「浅草の方じゃ、修学旅行生向けの旅館に看板付け替えたなんて店もあるって聞いたけどね。あっちはいいよ、上野駅だの浅草寺だのが近いんだからさ。こっちじゃ、どう商売替えしろっていうのさ」

店のママの愚痴ははてしないようでした。

収入の途《みち》が断たれて苦しくなったのはわたしも同じでした。ただこの法律で働き口をつぶされたという悔しさや怒りといったものは感じませんでした。苦しいとは言っても、病気のおかげで、当面寝る所にまで困るということはなかったからだったかもしれません。

アルバイト先もなくなって暇だけはたっぷりありましたから、真木の家に今病気で入院していますと知らせたことがありました。宛名はおばあさんの名にして葉書を書いたのだったと思います。お礼奉公も終わって別れを告げて以来真木の家に連絡をとったのはこのときが初めてでした。

何日かして小包みが届きました。それは私がいつもおんぶしていた子とその下の二人の女の子が送ってきてくれたお見舞でした。缶詰、おもち、りんごなんかがいくつかずつ入っていました。女の子たちが額を寄せて相談して、あれこれ選んで詰めてくれたほほえましい光景が目に浮かびました
店が潰れた。わたしのいた店だけでなく、同業はみんな。わたしはもうああいう店で働くこと

はない。だからわたしは真木の家に手紙を書くことができたのだった。もしあの店にずっといたら、わたしは真木の家に手紙を出す気持にはなれなかっただろう。りんごのさわやかな酸味と舌触りを味わいながら、わたしは病気になる前わたしが手中《しゅちゅう》にしていた、とりあえず買いたい物は買えた安楽が幸福というものとはちょっと違うものだったことを初めて意識しました。胸の中が清々しました。

とは言え、賑やかな街に住んで、着るもの、行く所、派手なものばかりというのはわたしの習《なら》い性《しょう》となってしまっていました。それなのにわたしは、もっと田舎に転院するように言われました。そこは京王線をさらに西に行った所にある療養所でした。その頃はそこはまだ本当に田舎でした。わたしは身体が回復してきていることもあって、毎日退屈でしかたがありませんでした。

もっとも退屈しているのはわたしに限ったことではありませんでした。療養所というのはわたしのように病気が小康状態になった患者が行くところです。だからたいていの人はぐったりベッドに横になっているというわけではないのです。要するにいい男、いい女がいないかきょろきょろしている人がたくさんいました。それにここは外出も自由でした。

わたしにもあっという間に誘いがかかるようになりました。夜出かけることも珍しくなくなりました。よく行ったのは下北沢でした。こういうときは奢《おご》ってもらえるのでお金がなくても平気だったのです。

療養所仲間もいれば街で知り合った学生もいて、ちょっといいものを食べるには慶應ボーイ、用心棒には明治大の学生などと、申し訳ないことですが言ってみれば使い分けまでしていました。遊び出すと欲が出て、桜井さん以外の馴染み客だった人に電話して呼び出すということも始めました。療養中だなんていうことは内緒にしていました。新宿の映画館の地下にあったダンスホールに一日中いりびたっていたこともありました。相手の懐が温かいときは銀座の有名店に行ってそれこそ踊り狂ったものでした。「ミマツ」という名前だったと思います。着ていくもの、履《は》いていくものが、こうして遊ぶお金は連れの財布を当てにできるのですが、着ていくもの、履いていくものまで買ってとは言えません。下着などなおさらです。

特定の彼氏を作ってお金をせびる。正直なところそんな考えも浮かびました。でもいつまでそういうことを？　この先の生き方をどうするのか。今ここが考えなければいけないときだ。胸の奥の方で声でない声が聞こえました。

わたしは知恵を絞りました。

療養所の中には豊かな人も大勢います。そういう人のお使いをわたしは進んで引きうけるようにしました。

特に食餌制限があるわけではありません。

「中村屋の月餅がどうしても食べたいのよ」

こんなことを言う人がいると、ちょっと電車に乗って新宿に出て買ってきてあげます。「ありがと、少ないけどおつりは取っておいて」

とこういうことになります。

療養所では食事に毎日牛乳が付きます。それで思いついたこともありました。自分の分を飲まないでおいて、余裕のある人に買ってもらったらどうだろう？　牛乳は、当時外で買うと一五円でした。それをおまけして一〇円にしますよ、飲みませんかと誘いました。牛乳は滋養のある食品だと思われていました。お金はあるけれども身体に自信がない、外に買いにいくのも億劫《おっくう》だという人が、喜んで買ってくれました。元手がただの商売でした。これは月二百円になりました。

こうしてひねり出したお金で白い木綿糸をたくさん買ってきて、わたしはレース編みを始めました。カヨさんに手ほどきを受けていたからこそできたことでした。ベッドカバーを仕上げると、女医さんが千円で買ってくれました。

調布近くの国領で内職の口があると聞いて飛んでいったこともありました。これは造花を作る仕事でした。数が勝負ですから暇さえあれば作っていました。

納期が迫っているときなどは特に寝る間も惜しんで作りました。部屋は消灯時刻が決まっています。過ぎるとしかたなく、夜通し電気のついている廊下の長椅子に座って作っていました。

たまたまトイレに行こうと起きてきた患者に聞かれたことがありました。

「何をしているの」

「じゃあ手伝ってあげるわ」

これこれこうだと答えると、その人はそう言ってくれました。

「この薄紙をこうしてひだを寄せてね」

「ええ、こうね」

「これはこうして茎にして…」

「紙縒《こより》みたいな感じでいいの?」

こんな調子で一緒に作ってくれました。

「いいの、あたしはそんなに困ってないから。気にしないで」

そう言って、いつもお礼を全然取らないでやってくれたものです。

「あのときはあなた本当によくがんばってたわねえ」

四〇年以上も経った今でも、会ったり電話をかけたりする度に言われます。

造花が注文の数だけできたのはいいとして、少しまともな服はみんな「ヒチヤ」(わたしは当時質屋のことをこう言っていました。)に入れてしまってありましたから、品物を納めにいくのに着ていくものがないのです。そんなとき服を貸してくれた患者もいました。

「病院で内職をしている人なんて見たことがないわ」

女医さんがそう言ってあきれていました。

ボクサー

療養所というのはきょろきょろしている人が多いと書きました。わたしもその一人でした。それまでつきあったことのある人は皆、どちらかというと優男《やさおとこ》でした。ところがある日そこに転院してきた患者は、がっしりして色も浅黒いのでした。一味違う。そんな風にわたしは思いました。

後でわかったことには、その患者は一時ある地方都市のジムにいて、全国的な大会にも出たことのあるボクサーでした。わたしもまた彼の目を引く存在だったようでした。わたし達はどちらからともなく近づくようになりました。

彼――健次郎――は何でも、前に入っていた病院でよくないことをしたというのです。かと言って病人を外に放り出すわけにもいかず、その病院の人がここを転院先として手配してくれたということでした。

健次郎がどうしてもそれを手に取ってみたくて、つい院長の車の窓ガラスを割ってしまったというその物は、銃でした。もしかすると、院長も警察沙汰にはできなかったのかもしれません。

療養所には患者の便宜を図って、ちょっとした台所が造ってありました。台所ではコインを入れるとガスが使えるようになっていました。小さい片手鍋でニラのお味噌汁なんかをちゃちゃっと作るぐらいのことはみんなしていました。

「ガス、まだ出る?」

「どうぞ、どうぞ」

その台所でわたしがある男の患者としていたおしゃべりはほんのこの程度のものでした。それがちょうど通りかかった健次郎には腹に据えかねることだったらしいのでした。健次郎はその男の患者をいきなり殴りつけました。その人が崩れるようにうずくまって鼻の辺りを押さえている、その手から血が滴《したた》り落ちていました。

「何するのよ！」

よくこんな甲高い声が出たものだと自分でも驚くような声でわたしは怒鳴りました。

「手加減はしたぜ」

健次郎は弁解していましたが、殴られた人の前歯が二本とも折れていました。

それからというものわたしは健次郎以外の男の人と外に遊びにいくことはもちろん、二言三言交わすこともろくろくできなくなりました。

健次郎もまたすっからかんでした。収入といっては保険で出る医療費だけ。見かねてわたしは健次郎の牛乳も売り始めました。健次郎は、牛乳なんかは要らないが、お酒だけはなくてはいられないという人でした。わたしは毎日そこいら中探し回ってビールびんを集めました。

「これだけあれば壜代《びん》が五円になるから、足しにしてね」

こう言って酒屋に行かせていました。一番安い日本酒一合がたしか三五円、壜代は馬鹿にならない額でした。

秋に二人で散歩していて、銀杏《いちょう》の鮮やかな黄色が目に入りました。いいものを見つけた。わたしは思いました。何日か経ちました。そろそろ銀杏《ぎんなん》が熟した頃だ。そう思って朝早く健次郎を起こしてリヤカーを借り、そこにりんご箱を積めるだけ積んで、銀杏の並木道に行きました。

「こばちゃん、木登れる?」

わたしは健次郎を、苗字《みょうじ》の小林の上の二字を取ってこう呼ぶようになっていました。

「馬鹿にすんない!」

健次郎は腕をたたいてみせました。

「こばちゃん、うまい! たくさん落としてね!」

わたしは怒鳴りました。

拾った銀杏は土に埋めておきました。土の中で実が腐ります。しばらくして掘り出します。すると中身がいとも簡単に、きれいに取り出せました。もう一度リヤカーを借りて、銀杏を積んで、今度は近くを流れている多摩川に行きました。このときは、療養所の網戸が外してあったのを借りて載せていきました。そして川の水で銀杏をよく洗って、病院から借りた網戸にひろげてよく干しました。

こうして仕上げた銀杏を、一枡《ます》——大体百グラムぐらいはあったでしょうか——百円で売りました。看護婦さん達がよく買ってくれました。

「あの人と結婚することにしたの」

わたしはある日そう告げることになりました。

そう聞いて療養所の友達十人が十人とも反対しました。でもわたしには敢て健次郎と結婚しようというわけがあったのです。わたしの身体は順調によくなってきていました。発見が早かったためだそうでした。もともと結核と判ったときにも、菌が痰《たん》に出るほどではなかったそうでした。

薬を飲み続けるうちに、結核に蝕《むしば》まれている部分がだんだん一箇所に収斂《しゅうれん》してくる。そうして病巣《びょうそう》が十分縮まったところで、そこを手術で摘出してしまう。そのとき晴れて社会復帰できる。つまり社会復帰するには手術が要るのだ。前からわたしはそう言われていました。摘出した後隙間《すきま》ができる。開けて様子を見て、大きさによってピンポン玉、あるいはスポンジのようなものを詰めてその隙間を埋めなければいけない。そんなことも医者は私に言って聞かせていました。

その手術は手術としてはそう危険なものではないそうでした。それでもとにかく手術というものは身元保証人というものが要るのだそうでした。つまり万が一のときには遺体を引き取るという意味のことを誰かが書いて、はんこを押してくれた紙がないと手術はできないのだそうでした。

わたしは初めてこちらから羽田の母に連絡して、事情を説明しました。ところが内縁の夫と「ぐる」になって私を遊郭に売った人は、わたしの頼みごとには首をたてに振ってくれないのでした。そんなものを引き受けた日には葬儀費用を出さなければならない、そんなことはごめんだ。多分そんな計算だったろうと思います。

「困ってるの」

「どうしたんだい」

「手術するのに身元引き受け人っていうのが要るんだっていうんだけど、そんなのになってくれる人いやあしないわ」

「どうしておれに言わねえんだよ」

ぽろっとこぼれた愚痴を健次郎は拾って、事もなげに言ってくれたのでした。

「ほんと?」

うれしそうに確めて感謝したわたしが嘘のわたしというわけではありませんでした。が、だいじょうぶかしらと危ぶむ気持も打ち消そうにも打ち消せないというのが正直なところでした。

「ありがと、お願いね」そういうことは言ってみればプロポーズにうんと言うことになるのではないかしら。そう警戒する冷静さはありました。だからためらう気持もありました。でもやっぱり「ありがとう」と頼む以外に途《みち》がないのでした。

頭の隅にいつ頃からか、秋口の風鈴のように常に引っかかっていた「妻の座」という言葉がわたしの頭をかすめたのも確かでした。相手が誰かということよりとにかく結婚するということの方が大切だ。もうチャンスは来ないかもしれない。当時の自分を振り返ってみるとそんなところだったかもしれません。それまでの生業《なりわい》の性質からしてわたしにはぜいたくに相手を選ぶなんてことはできないとは分っていました。

「絶対幸せになれないよ」

こう断言する人もいました。

「それこそ尻《けつ》の毛まで抜かれてしまうよ」

こんなことまで言う人もいました。

みんなわたしのことを親身に心配してくれているのだとわかりました。けれども羽田以来のいきさつを知る人はいませんでした。そういうことはどれも、友達だけでなく、健次郎にも打ち明けたことのない秘密でした。健次郎の快諾の重みを知っていたのは世界中でわたし一人だったのです。わたしの決断が友人たちの目に無鉄砲とも意固地とも映ったのは無理ないことでした。

覚悟のこととはいえ、友人たちの予言は早くも的中し始めました。

手術は代々木病院で受けることになっていました。重病人というわけではないので自分で電車に乗っていくのです。が、着ていくものがありませんでした。容態がもっと悪かったらいいのに。そしたら救急車で運んでもらえるのに。そしたら寝巻きのままで済むのに。そんな空想まで頭をかすめました。これだけはと放さないで療養所にもってきた服らしい服はどれもヒチヤ（わたしの周りの人たちもみな質屋のことを「ヒチヤ」と言っていました。）に入っていたからです。

明日が手術という夜、友人達が壮行会を開いてくれました。病院の中の集会所にちょっとしたお菓子を持ちよって、お茶を飲むというささやかなものでしたが。ありがたいことにこのときみんなが少しずつカンパしてくれたのです。

翌日、代々木病院まで送るという健次郎と先ずしたことは、そのお金を大事にもって、ヒチヤに行って一張羅《いっちょうら》のギャバジンのスーツをうけ出すことでした。たしかこれでわたしは千円ぐらいも借りていたのでした。代々木病院に着いて寝巻きに着替えてベッドに入ると、案外疲れていたらしく、わたしはいつのまにか寝入ってしまったようでした。

目が覚めると健次郎の姿が見えませんでした。ああもう帰ったんだなと思った瞬間わたしは目を疑いました。病室の隅のフックにハンガーだけがかけてありました。肝腎《かんじん》のスーツは消えていました。

健次郎はその足でヒチヤに行った。そうして借りたお金で飲んでしまった。そう後から聞きました。

「パパ」、「ママ」との出会い

わたしがその部屋で三人目、まだベッドが一つ空いていたところに肋膜《ろくまく》炎で入ってきた奥さんがいました。それがわたしが児玉さん一家と知り合った初めでした。（これまでにわたしが「社長」と書いてきた人はこの奥さんの息子さんです。）

奥さんはベッドから降りるのはおろか腕ひとつ伸ばすこともままならない様子でした。よほど悪いのかしらとわたしは思いました。

わたしはまだ手術前で元気なときでした。奥さんをとても見ていられないので、わたしは奥さんの手助けをちょくちょくしました。ベッドから降りるときスリッパをそろえてあげる。薬を飲むときお水をコップに汲んできてあげる。廊下に食事を載せたワゴンが届くと、奥さんの枕元にお盆を運んできてあげる。食べ終わったら食器を先刻のワゴンに下げてあげる。そういったことでした。

そんなちょっとしたことを奥さんは一々とても喜んでくれました。それがうれしくて他に役に立つことはないかしらと頭を働かせて、それもしてあげる。また喜んでくれる。それがまたわたしはうれしいのでした。

奥さんが少しよくなってきたなと思う頃でした。、病気がちだったというご夫君も体調が上り調子だったらしく病室にお見舞いに来るようになりました。

浅草にいた頃からだったか、わたしは煙草が手放せないようになっていました。肺に悪いと医者におしえられていましたが、時折無性《むしょう》に吸いたくなりました。他の患者が検査に呼ばれたりトイレに行ったりして、うまいこと病室の中がわたし一人になったときがありました。わたしはチャンスとばかりバッグの底から煙草の箱を取り出し、大急ぎで吸いました。廊下で足音がしたので、慌てて窓枠に押しつけて火を消しました。後から隙を見て、何かで包んで捨てるつもりでした。

しばらくして、部屋の患者が揃って、児玉さんのご夫君も来て話をしているところに、看護婦さんが入ってきました。運悪く、吸殻が見つかってしまいました。看護婦さんは怪しいのはわたししかいないと思ったらしく、真っ直ぐにわたしのベッドの横に来て言いました。

「これは何ですか。肺が悪くて手術しにいらしたんでしょうが。だいいち他の患者さんにも迷惑でしょ」

「やあ、すみませんねえ。僕《ぼく》、ヘビースモーカーなもんですから。灰皿がないんで、つい」

ご夫君が、頭をかきながら、罪を被《かぶ》ってくれたのです。看護婦さんはころっとだまされました。そうして見舞客では禁煙だということにうっかり気づかなくっても仕方がないと思ったのでしょう。

「病室で吸ってはいけないことになってるんですよ」

看護婦さんは苦笑いしながらそう言って、他の患者さんの血圧を測り始めました。

私の名が「ひでこ」なので、児玉さん夫婦はお二人とも私をデコちゃん、デコちゃんと言ってとてもかわいがってくれました。私もお二人を呼ぶとき、自然に「パパ」、「ママ」という言葉が口をついて出てしまうのでした。

「デコちゃん、あたし、どうしても家《うち》でお風呂に入りたいのよ。医師《せんせい》に頼んで、昼間のうちにちょっとだけ帰らせてもらうことになってるの。でも一人で帰るのはまだちょっと心もとなくってね。家も人手がそうあるわけじゃなし、ねえ、一緒につきあってくれない?」

こうして児玉さんの家に遊びにいかせてもらった日さえありました。わたしはパパに甘え、ママにも甘え、入院生活は思いもよらず楽しいものになりました。

後ろ姿

わたしの記憶の中の代々木病院にはこんな楽しい思い出と共に一番口惜しい思い出が同居しています。

転院してきて三、四日して田中さんという気の合う話相手ができました。ある日気がつくと、田中さんがわたしの病室の入り口辺りに立って、しきりに目配せしていました。田中さんが手真似や顎をしゃくって玄関の方を示している、その様子からわたしは桜井さんが訪ねてきてくれたことを悟りました。

わたしは何日か前に、手術のために転院したことを桜井さんに葉書で知らせていました。でも桜井さんがそれでわざわざ見舞にきてくれるとは思っていませんでした。

彼の親切は単なる馴染客という域を超えている。何と実のある人だろう。前から彼に対して抱いていたそういう思いはこのとき一層深くなりました。わたしは心臓の鼓動が激しくなっているのを感じました。

けれども今までいちばん切実に彼の顔を見たいと思うそのときに、わたしはどうしても彼に会うことができませんでした。わたしの病室にはそのとき健次郎が来ていたからでした。

療養所の男友達は前歯二本で済んだけれども、健次郎が桜井さんを見たら、それこそ何をするかわかりませんでした。わざわざ見舞に来る男というだけでも。ましてやその男が一度ならず送金してきてくれたその封筒の差出人だとわかったら？

「どういうわけでこいつは金を送ってくるんだ？」

それはかねてから健次郎がわたしに投げかけていた疑問でした。

桜井さんに何としてでも会いたい気持と、彼を危い目に遭《あ》わせたくない、平和な病室を修羅場にしたくないという二つの気持が私の裡《うち》でせめぎ合いました。

田中さんに、わたしは自分のそれまでというものを詳しく話していたわけではありませんでした。が、田中さんは以前からパパと懇意で、それだけに、というのも変かもしれませんが勘がよく働く、人情味のある人でした。田中さんは桜井さんと健次郎とを鉢合わせさせてはならないということをよく飲み込んでいるようでした。

「ロビーに通してね、今どうしても差し支えがあってお会いできないそうですって言っといた。もう帰ったからね」

健次郎がトイレか何かで立ったとき、田中さんは耳打ちしてくれました。

わたしは心から田中さんに感謝し、そして心から田中さんを憎みました。

手術は無事終わりました。私は療養所に戻りました。

それは欲しい物のほとんどどれも買えないことを確めるために無益に小銭を何度も数え直さなければならない生活の再開でした。

療養所内に小さい購買部がありました。石けんとか歯ブラシなどを置いている所でした。そこの店番をすると多少の手当てがもらえることになっていました。それで、希望者が多いので、店員は当番制になっていました。

この当番は、やってみると小遣い程度の報酬ではとても引き合わない、大変なことになりました。

次の人に引き継ぐ前に棚卸《たなおろし》ということが必要でした。ところがやってみるとどうしても、品物の数からするとなくてはいけない額と現金が合わないのでした。

徹夜で手伝ってくれた患者がいて、ようやく棚卸は終わりました。その患者――男の――のそれほどの親切の意味をもしも健次郎が知ったら、この人も前歯を折られていたかもしれません。

購買部の売り子に出る手当もなくなり、「お金がない、お金がない」とわたしは二言目には言っていました。でもだからと言ってまさかそんなことを唆《そそのか》したつもりは、これっぽっちもないのですが、健次郎が思いついたのは恐喝まがいのことでした。「俺の女にどういうつもりだ」というようなことを言って脅《おど》すというのが、健次郎の立てた計画でした。健次郎は桜井さんに目をつけたのでした。

封筒の裏に桜井さんは勤め先の太平商会の住所まで律儀に書いてくれていました。健次郎はそこに押しかけると言い出しました。

止めるに止められず、かと言って一人で行かせてとんでもないことになるのも怖くて、わたしは重い気分で健次郎と一緒に電車に乗りました。けれども総武線でかなり東に行ったところにある駅の改札口を出た後、わたしは膝が凍りついたようになって、どうしてもそれ以上歩けませんでした。

しばらくすると健次郎が血相を変えて走って帰ってきたかと思うと、直ぐさま切符を買い、改札を通ってしまいました。あっけにとられているわたしの目に、桜井さんが小走りにやってくるのが見えました。わたしは頬《ほほ》に血がのぼるのを感じました。「秀子も駅に来ている」と健次郎が言ったので、後から追いかけてきたのだということでした。

桜井さんは少し息をはずませながら、わたしの前に立って、わたしの顔を覗き込むようにしながら問いました。

「あの男と結婚するのかい？」

「あの男」は、ホームへの階段下で煙草をふかしながらちらちらこちらを見ていました。

「警察を呼ぶよって言ったらあわてて逃げ帰ったよ」

「あの男」。桜井さんが「あんなちんぴら」という意味をこめて言っているのは明らかでした。

わたしは返事に困りました。このときの気持というのは振り返ってみると自分でもはっきりしません。

「わたしが一緒になりたいのはあんな人じゃない、わたしが結婚したいのはあなたよ、そんなこともわからないの？」もしそうわたしが答えたら？「そりゃあ君のことを好きだよ。けれども結婚というのはちょっと難しいね。そんなこと当り前だろ？」そう一蹴《いっしゅう》されるのではないか。そうわたしは怖れていたのかもしれません。

「あんな人」が逆上して何をしでかすかわからない。それだけをひたすら怖がっていたような気もします。

「いえ、別にまだはっきり約束をした人というわけじゃないの」こんなどっちつかずの逃げ道だってあったかもしれません。

そういう巧《うま》い逸《そ》らし方を、わたしはどうしてそのとき思いつけなかったのでしょう。いえ、思いついて言えたはずです、もし桜井さんがもう一秒待ってくれていれば。が、それを思いつくのは一瞬遅かったようでした。

答えないわたしを桜井さんは違って解釈したようでした。彼は黙ってわたしに千円札を何枚か握らせました。

「気をつけろよ」

桜井さんは最後にこれだけ言って勤め先に向かって戻っていきました。お願い、振り返って。わたしは祈るような気持で桜井さんの背中を見つめていました。が桜井さんは振り返ってはくれませんでした。

三畳一間の新婚生活

手術の後回復は順調でした。退院のときが近づいていました。

「退院したらどうするの」

わたしは問い詰めるようにして健次郎に聞きました。

「パチンコ屋の用心棒にでもなるさ」

健次郎の答えでした。

わたしはぞっとしました。

健次郎は人ごみの中を歩いているときでも向こうから来た人を避《よ》けるということがありませんでした。寧ろ誰かが向こうから来ると、ほとんどわざと相手にぶつかろうとしているのではないかとはらはらするほどに一層肩をいからせて歩くのです。わたしは健次郎と一緒に歩くときは、すれ違う人、すれ違う人、片端から「ごめんなさい」と謝っているありさまでした。

そんな歩き方ができるのも、健次郎に自分は強いという自信があったからなのでしょう。普通の人に較べて腕っ節が強いことは確かでした。手が早いことも確かでした。が、健次郎は根っからの悪というわけではないとわたしは見ていました。健次郎には用心棒など務まらないと思いました。もし務まったとしてもやっぱり厭でした。用心棒などという仕事はやくざと組んだりやり合ったりということになるのはわかり切っていました。わたしはやくざと関わりあうことだけは絶対に厭でした。京町でわたしにクスリを売りつけたのも、そのときはそうと気づきませんでしたがやくざでした。覚醒剤を売ってもうける。それがやくざの仕事でした。

京町に見切りをつけたとき、仕事の種類は変わらないながら、すっと他の街に移ることができたのも、そうして移る先をともかくも自分で決めることができたのも、わたしには「ヒモ」がいなかったからでした。

こうした仕事に就いている女には決まってヒモがいると思っている人も多いでしょう。が、そうとも限らないのです。現にわたしがそうでした。自分のことは自分で決める。ひとによりかからない。そうした身の処し方が身についていると、この世界でもヒモなしでもやっていけるのでした。誰かにもたれかからないとやっていけない。そう思いこんでいる女に、ヒモが寄ってきてしまうのです。そうして一旦ヒモが付いてしまうと、稼いでも稼いでも吸い取られる。

ヒモもやくざの仕事でした。


「何かできることないの？」

わたしは重ねて聞きました。

それは言外に、「用心棒という仕事はこばちゃんには無理よ」と言っていることと同じだったかもしれません。そうするとそれは健次郎には「こばちゃんは用心棒ができるほど強くはないでしょ」という意味に聞こえたかもしれません。

もしかするとそうでなく「用心棒なんて仕事は仕事じゃないわよ」と言われたと健次郎は思ったかもしれません。が、それはそれで「いくら強くったって仕様がないのよ」という意味に聞こえたのだったかもしれません。

あなたが打ち込んできたボクシングなんてものは何の役にも立たないのよ。そうまで言うつもりはありませんでした。が、だからと言って普通の人以上にやくざが嫌いなわけを、だから用心棒などにはなってほしくないのだという願いをわたしは健次郎に絶対に話すことができませんでした。

執拗なくらい何度も聞くうちにやっと健次郎から、車が好きで運転だけは何とかできるという答えを引き出しました。

「何かあるでしょ」

当時は免許はないけれども運転だけはできるという人が案外たくさんいたものでした。今のように道という道に車が溢《あふ》れてはいないときだったので、警官の目を盗んで練習するなんていうことが、やろうと思えばできたのです。

療養所から働きに出てもいいということがわかったので、わたしは早速アルバイトを始めました。療養所の近くに木工所があって、「求人」という貼紙がしてあるのが目に入ったのです。切り口なんかに紙やすりをかけて滑らかにする。それが仕事の中身でした。ところが、約束の日になっても給料を払ってくれないのです。いくら言っても埒《らち》があかないので、健次郎が言い出しました。

「おれが行ってやる」

健次郎の強面《こわもて》に効き目があって、木工所の主人は渋い顔をしながら支払ってくれました。ただし半分だけでしたが。

木工所がだめになったので健次郎が駅でよく買ってくるスポーツ新聞を見ているうちに、渋谷近くの漢方薬の工場がパートを募集しているのを見つけました。ここに応募するには履歴書というものを書かなくてはなりませんでした。わたしは女学校（今の中学校）を出ていることにしておきました。小学校中退では使い物にならないと思われては困ると思ったからでした。

わたしはうまいこと採用されました。ベルトコンベアーを流れてくる漢方薬の包みを決まった数ずつ箱に詰めるという仕事でした。

こういう単純な仕事でも、字が書ける、計算ができるという人は重宝がられるのでした。そうしてそういう人が、わたしと同じときに入ったのに間もなくもっと給料のいい事務職へ移っていったのを目の当たりにしました。

が、辛いのは仕事自体でした。薬の入った袋の口をミシンで閉じる人と組になって詰めていくのですが呼吸が合わないと決まった数を詰められないのです。

終業まではトイレに行くことだけが楽しみ。そんな毎日でした。それはわたしだけではなかったと見えて、トイレにいくといつももうもうと煙草の煙が立ち込めていました。

少しずつ貯めたお金で、一時間五百円で運転の練習ができる所に健次郎を通わせました。何とか学課を通って健次郎はとにかく免許をとることができました。

もともと健次郎の人相では上品なサラリーマンの口はとても見つからないだろうとわたしは思

っていました。運よくコンクリートを作ったり運んだりする会社の社長の運転手という募集が見つかり、雇ってもらえることになりました。

その給料だけでは足りないのでわたしもパートを続けました。

やっと一番安い部類のアパートなら借りられる目途《めど》がつきました。それは京王線の烏山で見つけた三畳一間で、水道は共同、ガスもなく、煮炊きのためにはこんろが一つあるだけでした。その家賃千八百円が、わたしたちに辛うじて払える額だったのです。不動産屋の小父さんがこう言ってくれました。

「あなた方は若い。ここで頑張って働いて、大きい所に移ったらいいんですよ」

その言葉が、その後のわたしにどんなに支えになったことでしょう。

「余っているから遠慮しないで」

「新婚祝ってほどのものじゃないけどさ」

療養所の友人たちが口々に言って小鍋ややかんをくれました。今の若い人の中にはほとんど使い捨てのようにしている人もいるというこんな台所用品が、当時のとくにわたしたちには買えばばかにならない金高《きんだか》のありがたいプレゼントでした。

健次郎が勤め先から軽トラックを貸してもらってきて、わたしたちはついに療養所を出ました。

千歳烏山のアパートに向かう途中に役場に寄って婚姻届けをしました。一九五八年（昭和三三年）六月一七日のことでした。わたしが二八、健次郎が二六歳でした。

とにかく何もない、ないものだらけのスタートでした。あるものは下着とふとんだけ。健次郎の月給一万二千円に私のアルバイト代何千円かを加えてもとても欲しい物は買えません。世田谷に緑屋という月賦（当時はローンという片仮名言葉はまだありませんでした）で買い物ができる店があると聞き、二人で見に行ってみたことがあります。

わたしがどうしても欲しかったのはたんすでした。当時りんごは木箱に入っていたので、空いたりんご箱を二つ、上下に重ねて棚のようにしていたのですが、靴下やパンツなんかが、いくら夫婦二人だけの小さい暮らしとはいっても、目に見える所に出ているのは厭《いや》でした。押し入れがあればその中にりんご箱を入れておくこともできたでしょう。が、押し入れもない部屋でした。

緑屋の店員に言われて気がついたことには月賦というのは結局借金なのでした。買うには保証人が要ると言われて期待は風船のようにしぼんでしまいました。友人といっては病院で知り合った人たちばかりでお金がないのは右に同じという人が多く、そうでない人となると逆にお金の相談まではちょっとしにくいのでした。

そういうわけであきらめました、と、相談事か何かで電話をかけたときにわたしはパパに洩《も》らしました。

「何だ、そんなことかい」

パパは二つ返事で保証人を引受けてくれたのです。わたしはうれしくて跳び上がりたいような気持ちでした。でもパパの厚意がうれしい分わたしは直ぐ不安におそわれました。

「もし月賦が払えなくなってしまったらどうしましょう」

「そのときはおれがたんすを引き取るさ」

パパは笑ってそう言ってくれました。わたしは涙が出そうになりました。わたしたちのような貧乏人の保証人に他の誰がなってくれるだろうか。この人は絶対に大切にしよう。どんなことがあっても必ず払い切ろう。そうわたしは固く心に決めました。パパとママは病院にいるときから、何だかわたしの両親のような気がしたものですが、このときから児玉さん夫婦を親のように慕う気持ちが一層強くなりました。

「逆徒」の弁護士の息子

児玉さんは、ほんとうにわたしたちの家族のようになりました。わたしたちは四谷で、児玉さん一家と同じ敷地に住むことになったのです。

やはり何か聞きたいことがあってママに電話したときです。

「あのね、家の敷地にアパートを建てることにしたのよ」

そうママから聞きました。

どんなアパートかしら。わたしは好奇心にかられて健次郎と四谷にある児玉さんのお宅を訪ねてみました。まだ基礎工事が始まったか始まらないときでした。見るとごく小さな物置のようにも見える建物が一つ建っています。一間きりですがちゃんと畳が敷いてあって、トイレも付いていました。これは壊してしまうのだろうか。わたしは聞いてみました。

「ねえ、ママ、ここ空いているの？」

「空いてるって言ったら空いてるけど、ちょっと借り手はつかないと思うのよ、古くて。物置にいいと思って残してるんだけどね」

安くしてくれると聞いてわたしたちはそこに引っ越してくることに決めました。ただアルバイト先を初めの住居のあった烏山から近い所を選んでいたので、四谷からだと朝早く起きて電車に乗っていかなければならないのと、その電車がひどく混むのが悩みの種でした。

毎日くたくたただなあと思い始めた矢先でした。児玉さんの家で「ばあちゃん」と呼ばれていた人が、わたしを誘ってくれたのです。

「通勤電車に揺られて通うより、家のことを手伝ってくれない？」

ばあちゃんと一緒に働いていた人が都合ができて新潟の実家に帰ってしまって、手が足りなくなったということでした。わたしは喜んでお世話になることにしました。

児玉さんご夫婦はパパが主になって出版の仕事を、ママが主になって印刷屋さんをしていました。パパが出す本は売れない本ばかりで、印刷屋さんが本業のようになっていました。こちらは大忙しだったのでママは家事になかなか手が回らなかったのでした。

ある日のことでした。朝から家の中が色めきたっていました。野坂さんが後で来る。みんなが口々に言っていました。野坂参三さんは当時刺殺された浅沼稲次郎と並んで有名な政治家というだけでなくほとんどスターのような存在でした。

「デコちゃん、あんた行きなさい」

ばあちゃんに言われてわたしがお茶を出したのですが、手が震えたものです。

「松川事件」で、列車を転覆させたという疑いをかけられた被告達——ほとんどが共産党員だったのだそうでした——の無実を訴える集会が児玉さんの家の近くであって、野坂さんはその帰りに寄ったのだ。そう聞いた覚えがあります。

野坂さんと知り合い。それはパパが出した本と関係があったのかもしれません。

「大逆事件」のときの弁護士で平出修という人がいた。平出修は事件の中身がわかるようにいくつか小説を書いた。その本にはその小説を載せてある。そんな風に聞いた憶えがあります。平出修はパパの実のお父さんだということでした。この事件のことを書いてある本は戦争中には出すことができなかったのだそうでした。

「そういう本を出すと『ちょっとこい』だったんですね?」

「そう、そうなんだよデコちゃん、その通り」

印刷屋さんというのは今も時間に追われる商売ですが、その頃は夜がとにかく忙しいのでした。お得意さんは締切は今日なんだから今日でさえあればいいだろうと思っているのか、原稿は夕方入ってくることが多いのでした。それをガリ版に書いていると夜中になってしまいます。ママが鉄筆で切る字はそれはきれいで、しかもとても速いのでしたが、速いからと言って追いつける仕事の量ではないのです。ガリ版が終わると初めて印刷に入れます。朝九時に来る製本屋さんに束を渡すことができてやっと一段落する。その繰り返しでした。

タイプライターが一台、また一台と増える毎に、ママが自分でガリ版を切らなければならないことは少しずつ減りました。がその分タイピストに支払わなければならない給料が増えるのですから、それはそれでママの苦労は絶えないのでした。

児玉さん夫婦には三人お子さんがいて、下のお二人はまだ学校に通っていましたが、この方たちは帰ってくると開口一番「お母さんは?」ではなくて「ばあちゃんは?」と聞くのです。そのくらい、二階にあった仕事場にママはこもりきりでした。

わたしはもちろん炊事、洗濯だけでなく二階のちょっとした用事は手伝いました。できた冊子を数えて箱に詰めるとか、文房具を買いにいったり郵便を出しにいったりという類《たぐい》の雑用です。よく頼まれたのは台本の原稿をもらいに行く仕事でした。近くに文学座があったのです。杉村春子さんと二言三言交わしたこともありました。

「デコちゃん、きょうはちょっと出るよ。帰りに荷物持ちをしてもらうかもしれないから一緒においで」

パパに言われて新宿に出たことがありました。朝から身体がだるい感じのする日でした。お昼をご馳走になったのが窓際の席でした。わたしはふと思いました。この店を出てあの角で曲がって後は真っ直ぐ。そうするとあの花屋がある。その路地を入れば、誰かやくざが歩いてるだろう。そうすればクスリが手に入る。

「デコちゃん」

パパの声にわたしはぎくっとしました。

「デザートに何か甘いものを取ろうか」

パパの前で何ということを。思うだけでも許されないことだ。わたしは自分を詰《なじ》りました。

——新宿にこれから全く来ないというわけにもいかないだろう。でもあの路地のある辺りだけは死んでも足を踏み入れまい。わたしは固く自分自身に誓いました。

「デコちゃん、これやってみて」

床《とこ》についていることが多かったパパが体調がよくて二階に来ているときには、よくそう言ってわたしを呼んでくれました。そうして使い走りのようなことではない、もっと印刷屋さんの仕事らしいことをわたしに教えてくれました。紙の数え方、そろえ方、ホチキスの止め方、帳合《ちょうあい》。どれもわたしには初めて聞くことばかりでした。

「デコちゃん、児玉の家の者はいつかはみんないなくなるかもしれない。洵《まこと》がこの会社を継ぐとは限らないし、幹子や藍子たちも嫁にいくだろうしね」

洵というのは、わたしが社長と書いてきた人です。

だから手に職をつけておかなくてはいけないというのがパパの考えでした。

わたしが印刷屋さん見習いという程度には役に立つようになった頃合を見計らって、パパはママに声をかけてくれたようでした。

「デコちゃん、社員になれるんじゃないかい」

「あらデコちゃん、できるじゃないの」

ママも認めてくれて、私は三栄社の正社員にしてもらえることになりました。

こんなこともありました。パパが手招きするので行ってみると、わたしは五百円札を渡されたのです。

「これ、どうするんですか」

「デコちゃん、お使いの帰りにこれを貯金しておいで」

「はい？」

「デコちゃん、今までお金がたまるとどうしてた？」

「パパに保証人になってもらって買ったたんすの引き出しに入れてましたが？」

「貯金通帳というのを作ってね、いや、何、自分のはんこさえ郵便局にもっていけば向こうでやってくれるんだよ」

「はい、はんこ持っていけばいいんですね」

「あ、預けるお金を忘れちゃ仕様がないよ。デコちゃん、まあ聞いて。そうするとさ、この五百円を、我慢して一〇年ずっと預けといたら、殖《ふ》えて七百円にもなるんだからね、いや、もっとになるかもしれない。たんすに入れとくだけだと、殖えやあしないし、泥棒に入られたらそれっきりだ。それに手元にあるとついつい使っちまうだろう」

　わたしが正社員になってほんの数か月かして、パパは亡くなってしまいました。一九六二（昭和三七）年でした。

兆候

「他人がこんなにわたしの将来を気遣ってくれるのに」

こんな愚痴がつい口をついて出そうになるのを噛み殺す毎日が続きました。

健次郎は、もともと働くことが好きではなかったのでしょう。そこへきて入院生活が長く続いたせいかすっかり怠け癖がついてしまったようでした。

「よくそうやってお昼過ぎまで寝てられるわねえ、いくら休みの日だって」

「寝てやしねえよ。こうやって布団の上で読書してんだ」

健次郎は「文芸春秋」だの「オール讀物」だのをよく手元に置いていました。

「ほんとだ、寝てるんじゃないわ、たしかに。酒飲んでるんだもんねえ」

「わかってるじゃあねえか」

厭味を言ってもどこ吹く風でした。

入院することになるまではお客につきあってお酒を飲まない日の方が珍しいといった風でしたから、わたしの酒量も相当なものでした。が、二人で飲んでいたらお金を貯めるどころか借金がかさむことになるのが目に見えていました。わたしは疾《と》うに飲むのをやめていました。が、健次郎は酒代のことなどお構いなしでした。

その健次郎がタクシー会社に行きたいと言い出しました。

「ねえ、タクシーには二種免許っていうのが要るんじゃないの」

「そんなこと知ってるさ」

「だってコバちゃん、とれるの、二種免許」

「ちょちょいのちょいさ」

そんな大口はほんとうに口だけ、家にいて手の届くところに酒があっては勉強に身が入るわけがないのは目に見えていました。

わたしは一計を案じました。

「ねえ、そう飲んでばかりいちゃあ心配でしょうがない。そろそろ病院に検査に行った方がいいんじゃないの」

「いやだよ、酒飲むなって怒られるだけじゃないか、そんなとこ行ったたって」

「だってタクシー会社に入れてもらうには身体の調子をちゃんとよくしておかなくっちゃ」

それもそうだとあきらめて、健次郎はおとなしく病院に行きました。

予想通りの台詞《せりふ》を医者は言ってくれました。

「肝臓が腫《は》れていますね。一週間ぐらい入院しないといけませんよ」

病院という所が節制にはこの上ない所だというのはわたし自身で実験済みでした。

酒が飲めないので勉強の能率が上がりました。健次郎は一回失敗しただけで無事二種をとることができました。

健次郎がタクシー会社に入ってしばらくはそれまでより収入がよくなりました。パパに言われて作った通帳の残額が増えるようにわたしも一所懸命がんばりました。

この頃だったと思うのですが健次郎が盛んにわたしの故郷に行ってみたいと催促していたことがありました。夫を連れて帰れる実家というものはわたしにはありませんでした。わたしは真木の家に電話をかけました。

「結婚しましてね、主人がわたしの生まれ育った所に行ってみたいと言うんです…。お訪ねしてもいいですか」

まだおばあさんが元気でした。

「秀子、そう、秀子が。結婚した。よかった、よかった。おいで、待ってるからね、いつでもおいで」

おばあさんの言葉にわたしは胸が熱くなりました。父（養父）がどうしているか、おばあさんは知ってか知らずか、それには何も触れないで、ただ待っていてくれるというのです。

「わたしには実家のようなものだから」

そう言って健次郎を連れていきました。

健次郎は「じゃあほんとの実家はどこなんだ」とか「実家を出てからどうしてたのかい」とか細かい詮索をしてくる人ではありませんでした。詮索をしたくてもできない、何か見えないガードのようなものがわたしを取り巻いている。そんな感じを健次郎は抱いていたかもしれません。児玉さん一家とのお付き合いが深い。そのことからも、わたしはきっと健次郎にとってどことなく煙たい女に見えていたろうと思います。

何年かして健次郎が勤めているタクシー会社が身売りすることになりました。思ったより多めの退職金が出ました。わたしは気をつけて、それがなしくずしになくなってしまわないように電話債券を買ったりしました。一五万円ぐらいだったでしょうか。当時はまさかその価値が霧のようになくなってしまうものとは思いませんでした。

勤務先の名前が変わったというだけのことなのに、このときを境に健次郎の怠け癖がまた頭をもたげ始めました。

「すみません、今日具合がよくないので休ませていただきます」

「小林さん、また二日酔いじゃないの?」

欠勤します、と朝会社に電話をかけると電話に出た人にそんなことを言われるようになってしまいました。

困ったなあと思っていると今度は個人タクシーをやりたいと健次郎は言い出しました。

「人に使われるのが嫌になったんだ。自分でやりたいんだよ」

健次郎がそう言うのを聞いて、わたしは思いました。個人タクシーというのは、自分が言ってみれば経営者。少しは欲が出てせっせと働くようになるかもしれない。

この頃健次郎の身体は既に肝硬変に進んでしまっていました。一年の間に何回病院を出たり入ったりしていたか思い出せないほどです。わたしが薬をもらいに行く度に、医師《せんせい》は分厚いカルテを開いてみせました。

「もう酒は絶対だめだよ」

わたしは必ずそう釘を刺されました。肝臓が悪い人はあまり働きすぎてはいけないと聞いていました。でも健次郎は逆だとわたしは思いました。家でぶらぶらしていたら酒に入り浸りになって、もっと肝臓に悪い。仕事に張りを感じて酒をやめられれば身体にもいいはず。

わたしは個人タクシーのことを調べてみることにしました。

この頃おあつらえむきに四谷駅の近くに個人タクシーの組合の事務所がありました。会社から近かったので、昼休みになると走っていってはいろいろ教えてもらい、開業の準備をすこしずつ進めました。

登録料というものはそれまでこつこつ貯めた預金で何とかなりました。大変なのが車庫代でした。個人タクシーの免許をもらうには車庫証明が要るのです。それで、空の車庫に何か月も賃料を払い続けなければなりませんでした。

やっと免許がとれたのが七二年（昭和四七年）でした。

わたしはまだこの頃日記を書く習慣がなかったのですが、この年ははっきりと記憶に残っているのです。

健次郎の希望でもありわたしの希望でもあったことがかなったうれしさ、書類を調《ととの》えるのに四苦八苦したこと。そういうことももちろんなのですが、この年大きな事件があって、その後もこの事件のことが時々テレビで取上げられるからなのです。

買い入れたクラウンに直ぐ御祓《おはらい》をしてもらいたい。健次郎は子どものようにいても立ってもいられない風でした。

「おい、明日熱田神宮に行かねえか」

「え、熱田神宮って名古屋でしょ？　直ぐじゃなきゃ厭なんでしょ？　平日じゃないの。会社休まなくちゃならない。困るわ」

それは表向きの理由でした。わたしは実は健次郎なんかとドライブになど行きたくないのでした。

「仕様がねえなあ、じゃ、一人で行ってくる」

じゃあ週末まで待つよ。そうは言われずに済んでほっとしたものです。

名古屋から帰ってきた健次郎は少し興奮していました。

「何だろう、やたらにヘリが飛んでるんだ」

機動隊が浅間山荘に突入した日だったと後から判りました。

健次郎と過ごした時を振り返ってみて、政治が話題になったことといったら、この赤軍派事件の他は、ベトナム戦争ぐらいでしょうか。テレビに、アメリカの爆撃で脚を失ってしまった小さい子どもが映し出されたことがありました。

「かわいそうになあ」

夫婦でありながら腹の底を割って話したことのない二人が、珍しく心が通じた一瞬でした。

健次郎が熱田神宮に出かけたのと前後して、例によって昼休みに、お世話になった組合事務所にわたしはお礼に行きました。

「ほんとにいろいろ有難うございました。苦労した甲斐がありました。仕事、やめようかしら」

するとと組合の人が言いました。

「奥さん、そう言っちゃあ何だが、それはまだ気が早いんじゃないかな。個人タクシーっていうのはね、休まず外に出てどんどんお客さんを乗せなければお金は一銭だって入ってきやしませんよ」

わたしはどきっとしました。わたしは名古屋から戻ってきた健次郎にそれとなくはっぱをかけました。

「二人で頑張ってマンションでも買おうね、１ＤＫだっていいじゃない」

「おれたち二人が死んだらそんなもの青森に取られてしまうよ。そんなもの要らないって。あくせく働くことはないよ」

わたしたちには子どもがいませんでした。

所帯をもって間もなくでした。

「ねえ、できちゃったみたいなんだけど」

　健次郎はそのまま黙って飲んでいました。妻の妊娠を聞いた夫というものは喜んで跳ね回って当然だ。そこまで甘い期待をもっていたというわけではなかったかもしれません。でもそれにしても健次郎の反応のなさにわたしはがっかりしました。

「ねえ、聞こえてるの」

「おれそんな覚えねえなあ」

「覚えないって、あんた…」

　児玉さんの家のことをする。パパが具合が悪いとき看病する。それがその頃はわたしの主な仕事でした。ママの仕事の手伝いが夜遅くまでかかることも度々でした。帰ってみると健次郎が飲んだくれて眠っている。するとああよかったとわたしは思いました。健次郎が結婚したのだから当たり前だと思っていただろうことが、わたしにはうとましかったからでした。そういうことが入院するまでは職業だったために、いったんそこから離れることができたからには、相手が誰であろうともう避けられる限り避けたいというのがわたしの切実な気持でした。おまけに健次郎はわたしにはどうしてもこの人しかないと思い定めて結婚した相手ではないのでした。が、だからといって健次郎の求めを一〇回が一〇回拒んでいたわけではありませんでした。言うに事欠いて「覚えがない」とは。

「じゃあ何、あんた以外の人となんかあったというわけ?」

そう言ったときわたしの語尾は怒りで震えていたとおもいます。

「そうは言わねえが…」

わたしは翌日産婦人科に行きました。迷いはありませんでした。こんな男を父親にすることはできない。義憤とでもいうようなものにわたしは駆られていました。愛惜の念は掻《か》き消されていました。

「何言ってんのよ。青森にとられる？　子どもがいないからでしょうが。あんたとの子どもなら欲しくない。そう思わせたあんたのせいじゃないのよ。だいたいあんた、おれが死んでもデコちゃんが困らねえようにしとかなくっちゃいけねえもんなあぐらいのこと言えないわけ？」そんな言葉の弾を、言っても無駄な相手にぽんぽん投げつけるだけの気力がそもそも起こりませんでした。

仮にもっと男に寄りかかりたい女と一緒になっていれば健次郎はもう少し違ったのだろうか。絶対寄りかかりたくないわたしといるから妻を庇護しようというような気持を忘れてしまったのだろうか。それとも健次郎には初めからそんな気持はないのだろうか。寄りかかりたくないだけで寄りかかってくれと言った覚えなどないのに。わたしが以前ああいう店にいて、そこから脱け出すことができた以上は男に絶対もたれたくないと、それまでより一層強く思うようになったそのことが、ただでさえ甘やかされて育った健次郎をまた一層だめにしたのだろうか。もしもそうなら、ああいう店にいた過去がどこまでも影のようについてきてわたしの人生を灰色に塗りこめようとするのだろうか。けれども野原に一人放り出されたって生きていく。町中に一銭ももたずに置いていかれたって、例えばその辺の店先なり仕舞家《しもたや》なりの玄関なりの掃掃除でもしていくらかの報酬をもらえるはず。そういう生き方自体がわたしなのであってそれを変えることなどできない。

わたしがそれきり黙っているのをいいことに健次郎は飲み続けていました。

子どもがいないから財産を遺しても仕方がない。健次郎がただそう言っただけならそれはそれで解ることでした。が、青森に遺したくないとは？　青森というのは健次郎の出た家のある所でした。

健次郎には年の離れたお兄さんと二人のお姉さんがいる。この三人の兄姉《きょうだい》の母親が亡くなった後に後妻となった人が健次郎の母親だった。ところがこの人も健次郎が幼いときに亡くなってしまった。その後上の姉が何かと健次郎の面倒をみてくれた。これが健次郎から聞いていたことのあらましです。

「姉貴はさ、家が苦しかったんで、たしか一六、七で東京に出たって。赤坂で芸者をしてたんだが、客に惚れられて結婚したんだよ。それで名古屋に移った。おれも呼び寄せられてさ、いい英語学校があるってんでね。おれが勉強嫌いだってのは姉貴も百も承知だったが、これからは英語だ、英語だけはやらせとけ、なんて亭主にでも言われたんじゃねえか。だが英語なんて面白かねえ」

健次郎は英語もやっぱり勉強しない。代わりに喧嘩ばかりしていたというのです。

このお姉さんが見かねて、そんなに喧嘩が好きなのだったら、いっそそれを活かしてボクシングでも習ったら、と言って今度はボクシングジムに通わせてくれたそうです。

健次郎はそこでは精進《しょうじん》したと見えて、広島で何か大きな試合があったときに優勝したのだそうでした。それで認められたらしく、ついにプロとしてデビューするまでになりました。

ところがその大事なデビュー戦で、健次郎はあえなくノックアウトを食らい、脳震盪《のうしんとう》をおこして病院に担《かつ》ぎ込まれたのでした。

が、問題は脳震盪ではありませんでした。健次郎はその試合のとき、血を吐いたのでした。病院でその原因も検査されました。健次郎は結核にかかっていました。

健次郎の父親が危篤《きとく》という知らせがあったとき、わたしは初めて青森に行き、初めて健次郎のお兄さんやお姉さんたちに会いました。

「どこの馬の骨とも知れない女と…」

上のお姉さんはそのときそう言って健次郎をたしなめました。わたしの前で。東京から一三時間かけて訪れた挙句でした。

当時は今と違って、水商売の人と素人《しろうと》で、服装や化粧に大差がないということはありませんでした。おまけにそのお姉さんは自分が水商売をしていたことがある人なのでなおさら、初対面のわたしの過去を怪しむ勘が働いたとみえます。その頃はもうわたしはアイシャドウをしていたわけでも派手なイヤリングをしていたわけでもなかったのですが。

どこの馬の骨か知れない女。そんな称号がわたしほどあてはまる人はいないだろう。そう腹の底では認めざるをえないだけに腹立ちは一層激しくて、「馬の骨で悪うございました」と言い返したいのを抑《おさ》えるのがやっとでした。

わたしは泊めてもらうのが厭さに近くに宿をとりました。

そのために来たのですからもちろん健次郎のお父さんには会いました。

健次郎は親不孝息子だという自覚があってか、家の正面からは入れないのでした。裏通り側から入ってみると、お父さんは藁《わら》布団に寝ていました。

このときお父さんはまだ意識がしっかりしていました。

「これね、みんな新しく出たお札なんですよ」

わたしはそう言って、お父さんの手に用意していったお見舞を握らせました。

東京に戻った私たちをまるで追うように、お父さんが亡くなったという知らせが届きました。

その電話は真夜中のことでした。今と違って夜中にお金を引き出せる所などありませんでした。

わたしは会社の会計をしていた人を拝み倒して、貯金通帳を置いていきますから、どうか現金を貸して下さいと頼んで再び健次郎と青森に向かいました。

「こんな男だけれどもよろしく頼みます」

このときにはそのお姉さんは、そう言ってくれました。短い間にどうしてこんなに扱いが変わったのでしょうか。

ともかくもこのお姉さんという人は健次郎を大切に育てあげた人でした。初めのわたしへの邪険《じゃけん》な扱いも、弟かわいさの余りだったのだと思うことにしましょう。

健次郎が財産をくれてやるなんてもったいないと思う相手は、そうするとお兄さんということだったのでしょうか。今となってはわからないことです。

張り詰めている妻

ママの上のお嬢さんの幹子さんが結婚してわたしたち夫婦の住んでいるアパートに越してきたことがありました。男のお子さんが二人いて、まだ小さくて上の坊やが五歳になるかならないかでした。

この頃会社とアパートは向かい合わせでしたから、わたしはひまを盗んではこの坊やの顔を見にいったものです。行っては覗き、行っては覗きということを繰り返しているうちに坊やもすっかりなついて、よくわたしの後を追うようになりました。

毎年の行事になっていた会社の社員旅行が近づいてきたある日のことでした。

「みんなと一晩だけ泊ってくるからね。おるすばんしててね」

わたしは何気なく坊やにそう言いました。

「一緒に行く」

坊やがそう言って聞きません。わたしはうれしくて跳び上がりたいような気持になりました。

「他のみなさんにご迷惑にならないようにしますから」

ママのお嬢さんご夫婦にわたしは頼みこみました。わたしは坊やを旅行に連れていけることになりました。

坊やは電車に乗っても、宿に着いても片時もわたしから離れず、夜も床まで一緒でした。坊やは、自分に子があってもこんなに可愛いものかしらと思うくらい可愛くて、本当に楽しい旅行になりました。

坊やが幼稚園に通うようになった頃、お嬢さんご夫婦は引っ越していってしまいました。ただその後も何かと相談してくれたり、結婚式に招んでくれています。血のつながりよりも心の通い合い。わたしはそう思っています。

ただそう思うようになったのは後からのこと。坊やがいなくなってしまってわたしの日常の一角にぽっかり大きな穴が空いてしまいました。そんなときわたしの心の間隙《かんげき》を埋めるいい仕事ができました。

その頃会社が引越しすることになりました。そのままでは狭いし、夜中に印刷機を動かす音がだんだん建て込んできた近所に迷惑になるだろうというのでした。

移転先はせいぜい歩いて一〇分ぐらいの所でしたが、ただでさえ忙しいママの目がアパートには一層届きにくくなるのは確かでした。

ママが声をかけてくれたので、わたしは喜んで辞めた管理人の後任を引き受けました。

アパートには以前から外人の男の子が一人入っていました。それまでの管理人さんは、外人が苦手でよくわたしに何かとこぼしていたものでした。それは結局のところ、言葉が通じなくて苦労するということでした。

「だけど考えようによっては、外人はいいお客さんだわよね。日本人と較べて荷物が少ないし、短期留学の人だと回転がいいものねえ」

ママがこんなことを言い出しました。

その頃、ちょうど洵さんが、結婚と同時に奥さんと一緒に留学していたアメリカから帰ってきたところでした。ママには、洵さんがお世話になった恩返しにもなるという理由もあったようでした。アパートはこれからは外人専門にしようということになりました。

もとからいた人は若いせいもあってか、あっという間に日本語をマスターしていて、私に日本語で話しかけてくれるようになっていました。しかも、ママは英語ができる人でした。ママはその人と話して、規約を作りました。そうして、荷物一つで入居する人が多いだろうからというので冷蔵庫だけは全ての部屋に備え付けにしました。規約を作ってくれた外人さんは次々に新しい人を紹介してくれて、空室は直ぐになくなりました。冷蔵庫はとても喜ばれました。ママはわたしにアパートについて一切を任せてくれました。

それはうれしいことでしたが、大変でもありました。特に契約のときには神経を使いました。何しろわたしには英語は全然解らないのです。

苦労しているうちに発見したことがありました。ゆっくり、そして相手の目を見て話せば解ってもらえるということでした。健次郎が英語を勉強していたことがあるからというので話を始めたものの、直ぐ立ち往生してしまって、わたしが呼ばれていって、やっぱり相手の目を見てゆっくり話すと通じたなどということもありました。

契約では家賃が月いくらかということが一番大事ですが、ありがたいことに数字はどの国も同じです。身振り手振りで散々説明しても、相手がいつまでも怪訝《けげん》そうな顔をしていたりすると冷や汗が出そうになったりもしました。がその分解ってくれたときは本当にうれしいものでした。

相手の目を真っ直ぐ見つめて話すということが習慣になってみると、日本人は相手の目を見て話さない人が多いと感じるようになりました。心にやましいことがなければ簡単なことだと思うのですが、どうしたわけなのでしょう。

管理人の仕事でやはり何と言っても大変なのは家賃の取りたてです。会社から帰ると先ずアパートの窓を見渡して、未払いの人の部屋の電気がついていると、これ幸いとばかりドアをノックします。その人の帰りが遅いときには時々見にいって、明かりが点いてさえいれば夜中でも行きました。その部屋の住人が出てくるとわたしは催促しました。

「マネー、マネー」

「オーケー、マネー」

そう言ってその場で払ってくれるとほっとします。

が、肩をすくめ、悲しそうな顔をしながら首を振られることもしょっちゅうでした。

わたしはそういうときの用意にカレンダーを必ず持っていきました。

翌月の一〇日辺りを指さして聞く人もありました。

「オーケー?」

そんなときはわたしは、大家さんが怒りますよという意味で、眉をひそめて両手の人差し指を頭の上に立てて鬼の真似をして言いました。

「オーナー!」

すると相手は今度はカレンダーの、やはり翌月の三日辺りを指さして、もう一度聞いてきました。

「オーケー?」

それでようやく「しかたがないわね」という顔で少し怒った声でわたしは答えました。

「オーケー」

こんなことの繰り返しですからわたしは月末はいつも睡眠不足でした。外人さんは音楽が好きで、部屋にいるときはずっと何か曲を聴いているという人がほとんどでした。でも夜一〇時を過ぎるとご近所迷惑です。わたしはよくボリュームが大きすぎる人のところに行って、両手を下げる身振りを何度かしながら、「ミュージック、ダウン」と繰り返すと、すっと消してくれるのでした。

片言だけでは通じにくい話ももちろんありましたが、よくできたものでいつのまにかどの部屋の住人にも通訳が来てくれるようになるのでした。入居して一か月もするとみんな日本人の彼、彼女ができるのです。それにみんな元々日本語を覚えに来ているので、わたしの話すことを一言も聞き漏らすまいと熱心に耳を傾けてくれるのでした。

ここの管理人をしているとき夜中に電話が鳴ったことがありました。

何事かと思って出てみるとアパートに一年ほどいて日本語をマスターしてアメリカに帰った女の人からでした。

この人は雪の降る夜随分遅い時間に帰ってきたことがありました。部屋がわたしたち夫婦の真向かいでした。ひどく寒そうでした。わたしは残っていた味噌汁を温めてお椀に入れ、それを持ってその人の部屋のドアをノックしました。

「ジャパニーズ・スープ」

　そう言ってわたしはお椀を差し出しました。

「サンキュー、サンキュー」

　その人は目を輝かせながら、何度もそう言っては、飲んでくれました。

「日本にいるときは本当にありがとう」

　電話の向こうで、この人はすっかり上手になった日本語でそう言ってくれました。

「日本に行きたいと言っている友人がいるのです。部屋は空いていますか？」

　この人はそう問い合わせてきてくれたのでした。

　住人はみんな帰国するときや短期ビザが切れて他の国に移るときに、自分はいついつまでいない、その間こういう人が代わりにここに入ってもいいかと尋ねてくれるのでした。それで部屋が空くということは滅多にありませんでした。せっかくの国際電話でしたが断らなくてはなりませんでした。

　アメリカ人は誰も誰も怖ろしげに見え、近寄るのも厭だった羽田時代が嘘のようでした。

酒に飲まれる夫

管理人の仕事を引き受けてからというものわたしが昼も夜も心身とも張りつめているのに対し、健次郎の性向はあくせくするのは厭だという方向に一層傾いていくようでした。

「雨降りで気が進まないね」

そんなことを言って休もうとします。

「名前の売れた力士だからっていい気になりやがって、飲み屋の女を無理やり乗せてホテルに連れこもうなんて根性が気に食わねえ」

「こばちゃん、まさかお客さんに殴りかかったの？」

「殴りゃしねえよ、殴れねえから癪《しゃく》にさわるんだよ」

「こばちゃん、偉いわよ、我慢ができるようになったんじゃない」

「何言ってんだい、だいたいがアベックなんかばかばかしくって乗せられるかい」

「じゃあ一体誰を乗せるのよ！」

そうしていつのまにか口喧嘩になるのでした。

健次郎はとりわけ日曜の夜に機嫌が悪くなりました。一日中好きなだけ酒を飲んでいたのが明日からまた仕事かと思うだけで厭だというわけです。

「そんなに厭なら休めば」当り散らせるだけ当り散らして、わたしにそう言わせる。そんな作戦なのじゃないかとわたしは睨《にら》んでいました。

そのうち健次郎は勤務の日なのに朝酒を飲む術《て》も使うようになりました。酔っ払い運転などとんでもないので、「休むしかないわね」というわたしのお墨付きをもらえるわけでした。

個人タクシーの運転手は毎月組合に「日報」を出しに行くことになっていました。それはわたしの役割になっていました。

「奥さん、こんな働きでよく生活できますね」

こんなことを言われる始末でした。組合の人がわたしに共稼ぎをやめない方がいいということを言ってくれなかったらどうなっていたことか。本当に親切な言葉だったと今でも感謝しています。

「個人タクシーにかわりたい」健次郎がそう言ったのは、できるだけ家に居て酒を飲んでいるための口実だったのではないか。健次郎の怠けぶりがひどくなってからそう気づいたところで、後の祭りでした。

健次郎は病気も怠ける理由に利用していました。

「肝臓がどうにもおかしいんだ」

そう訴えるのがどうしても働きに行きたくないときの健次郎の手でした。そう言われるとわたしもそれでも出ろとは言えません。病院に連れて行くと実際入院ということになるのでした。飲んではいけないと再三言われている酒を依然浴びるように飲んでいるのでしたから当然と言えば当然のことでした。病院に行けばそこまで飲みたい酒を飲めなくなるのですから、酒を飲みたい気持より仕事をさぼりたい気持ちの方が一層強かったのでしょうか。

健次郎は字のきれいな人でした。「結婚御祝」とか「御仏前」などという上書きを熨斗袋《のし》に書かなくてはならないとき、わたしはいつも健次郎を当てにしていました。

「ねえ、こばちゃん、またお願いね」

ある日そう頼んだときでした。

「デコちゃんさ、こう手が震えちゃあ、書けやしねえよ」

そう健次郎が言うのです。

「コップ一杯でいいや、持ってきてよ、飲みゃあなおるんだ、早く頼むよ」

そのときは急ぐのでいけないと思いながら飲ませてしまいました。が、仮にも夫である人の中毒がそこまで進んでいたとは。その場から逃げ出したい気分でした。

こんなこともありました。会社から帰ってみると、健次郎が腕にひどい火傷をしているのです。

「どうしたの!」

わたしは軽い吐き気を抑《おさ》えながら聞きました。

「いや、ちょっと湯を沸かそうと思ってガスに火つけたらさ、ねまきの袖に火がついちゃったらしいんだよ」

「ついちゃったらしいって、こばちゃん、そんなになる前に気がついて消せなかったの?」

「それが酔っ払ってて、熱いと思わなかったんだよ」

肝臓でなく、火傷で健次郎を病院に連れていくこともあろうとは思いませんでした。

四谷に越してきたばかりの頃はまだ健次郎の酒量はそれほどではありませんでした。烏山でのパートの帰り途に酒屋に寄って、行きに持って出た空壜《あきびん》（当時はコルク栓《せん》が付いていました）に二級酒を入れてもらう。それがわたしの欠かせない日課になっていました。ただそれは一合《いちごう》と決まっていました。

が、児玉さんの家の手伝いを始め、次には会社で働き、アパートの管理人も、と年数が進むにつれてわたしがママの住んでいる棟で遅い時間まで過ごすことが当り前のようになりました。ただでさえ健次郎はタクシーの運転手という仕事柄二日に一度は夜いないのです。が、健次郎が家にいるときでもわたしと健次郎がゆっくり一緒に過ごすということは少ないのでした。

「ちょっとママの所に行ってくるわね」

そう言ってわたし一人隣棟に行ってしまう。それがしょっちゅうでした。ひまをもてあまして飲んでいる。わたしが寝に帰るともう健次郎は眠ってしまっている。こういうすれ違いをわたしはだんだん仕組んでするようになっていました。

健次郎と真木の家を訪ねたときでした。健次郎はどういうわけかタクシー会社で親しくなった同僚を連れていくと言い出しました。

健次郎がたまたまその場にいないときでした。わたしはその人に聞かれました。

「奥さん、小林さんが嫌いなんですか」

以前残業中に会社の玄関につかつかとやって来て怒鳴った健次郎の姿がふと浮かびました。

「いつまでも何やってんだ!」

玉に傷という言葉がありますが、石に微光とでも言ったらいいのでしょうか、健次郎はわたしに手を上げたことだけはありませんでした。がこの日だけは、暴力こそふるわなかったものの健次郎の剣幕にわたしは驚かされました。

「いいよ、デコちゃん、後はもうだいじょうぶだから」

みんなにそう言われると「いいえ、わたしできるだけ遅くまで残業していたいのよ」とは言えませんでした。一足先に帰らなくてはならない破目《はめ》になりました。帰るといってもアパートは同じ敷地なのでしたが。

そんなことを思い出していて、軽くいなす返事をとっさに思いつけず、わたしは黙っていました。

「すみません。怒らないで下さい。小林さんからちょっと聞いてるもんですから」

その人があわてて謝ったので、その人に健次郎がどんなことを洩《も》らしたのかわたしにばれてしまったかっこうでした。

帰ったときに健次郎が眠っていればほっとする。初めはその程度の気持だったものを、意図して眠った頃を見計らって帰るようにさせたのは、わたしに言わせれば健次郎のいつかの暴言でした。

自業自得だ。そう突き放したい気持の一方で、わたしを待つひまを潰すために生来《せいらい》の酒好きをのっぴきならないところまで嵩《こう》じさせてしまった健次郎に憐れみのようなものもありました。が酒浸りの度が増せば増すほど健次郎への嫌悪が募りました。悪循環でした。

なまじ中毒の苦しさをいやというほど知っているわたしが、完全に酒を断たせるところにまで踏み切れないでいたことも確かでした。

「このまま飲んでいますと、五年もつところが三年しかもちませんよ」

医者《せんせい》にそこまで言われたところで柳に風でした。

「ええ二年でもいいんです」

そう他人事《ひとごと》のように答えたと、医師が後からおしえてくれたこともありました。何の趣味もなくて、ただただ酒びたりなのです。

健次郎の病気は、とうとう癌にまで進んでしまいました。それでも、夜遅くなってから病院を抜け出してお酒を飲んでいるという調子でした。あきれられて健次郎は強制退院させられてしまいました。

ある日会社から帰ってみると、うんうんうなっています。そこまで苦しがっているのを見たことはありませんでした。びっくりして駆けよってみると、お腹がパンパンに張ってしまって、動くこともできない状態なのでした。直ぐ病院に連れていき、お腹にたまっているという水を針を刺して抜いてもらいました。またまた病院に舞い戻ったわけです。

こういう事情を少しずつ話していますから、組合の人が心配して、こんなことを提案してくれました。

「どうです、車を貸しませんか」

健次郎は疾《と》うに働く意欲を失っていました。が、たとえ働きたくてももう本当に身体がきかなくなってきている段階でした。ただ車庫に眠らせているだけでは、車検、税金と車というのはただの金食い虫です。

わたしは乗り気になりました。ただ健次郎が何と言うかわかりませんでした。一万キロも乗らないうちに、どうしてもモデルチェンジしたのが欲しいと言い出して買い換えたクラウンでした。それに車種が健次郎の気に入っているというだけでなく、何と言っても昔で言えば武士が刀を質に入れるようなものでした。

「念のため主人に相談してきます」

そう言って帰りました。

「デコちゃんのいいように」

健次郎は一言そう答えただけでした。わたしは喜んでいいのか悲しんでいいのかわかりませんでした。翌日わたしはまた組合に行きました。組合の人が中に入って話をまとめてくれることになりました。とりあえず期間は半年ということになりました。

車庫代や登録料金はこっちもちなので、相手の人にもわるい条件ではなかったかもしれません。その人はその後毎月きちんきちんと賃料を払ってくれました。

この約束のおかげでわたしは少し息をつくことができました。

ぬれぎぬ

半年が無事過ぎました。わたしは例によって昼休みに組合に行って契約の更新をお願いしました。そうして会社が退《ひ》けて帰ってきたときです。

「ただいま」

応答がありませんでした。三和土《たたき》に靴もサンダルもあるし、出かけた気配はないのです。

「寝てるの」

そう声をかけながら部屋に入ってわたしは息が止まりそうになりました。ふとんの枕元で健次郎は首を吊っていました。

「死にたい」

健次郎がそう言うのを少し前からわたしは聞いてはいました。それも二度や三度ではありませんでした。が、本気だとはおもいませんでした。わたしの同情を引こうとしているだけだ。でもわたしにこれ以上健次郎にしてやれることはない。そんな風にわたしは割りきっていました。わたしは健次郎の訴えを聞き流していました。

ただ後になって思うと言い方がきつ過ぎたかなあと思うことがあるのです。

少し前でした。会社の昼休みに買物に出ると、健次郎が自動販売機からワンカップ大関を取り出しているのに出くわしました。わたしたちのいたアパートと会社は直ぐ近くなのですから、こんなことがあっても驚くほどのことでもなかったのです。が、わたしはそのとき無性に腹が立ちました。

「こばちゃん、やめてよ、こんなとこで。会社の人に見られたら恥ずかしいじゃない。こんなとこで酒買わないでよ。早く帰って！」

一呼吸、二呼吸おいて健次郎がゆっくり言いました。

「デコちゃん、ごめんな」

それなのにわたしは追い討ちをかけていました。

「謝るぐらいなら、やらないでよ、初めっから」

わたしはどうしていいか判りませんでした。少し前に代替わりして社長になっていた洵さんに電話するということしか思いつけませんでした。

「社長…」

「デコちゃん？　どうしたの？」

わたしの声が変なのに気づいた社長が聞いてくれました。

「社長、こばちゃんが…首を…」

社長はみなまで聞かず大急ぎで自転車で駆けつけてくれました。

「デコちゃん、一一〇番はしたの？」

警察に連絡するなどということはわたしには思いもよらないことでした。社長は直ぐ電話をかけてくれました。

警察官がやって来てわたしに聞き始めました。

「奥さんはいつも何時頃帰ってくるのですか」

「いつご主人が首を吊っていることを発見したのですか」

「ご主人には自殺する理由があったのですか」

「遺書はなかったのですか」

わたしはできるだけ丁寧に答えたり説明したりしたつもりでした。ところが一通り話したと思っていると今度は違う警察官が来て、先刻《さっき》と同じことを初めから聞くのです。

そうか、わたしは疑われているんだ。わたしは気がつきました。もう何時間もこんなことが続いている。向こうは交替しながらやってるからいいだろうけど、こっちはもうかなわない。

わたしは思いついて病院の医師《せんせい》に電話しました。医師は直ぐ来てくれました。

「この患者さんはね、こんな事をしなくてもどのみち今年いっぱいもたなかったと思いますよ」

医師はそう言ってくれました。医師の話はわたしの疑いを晴らす材料にはなりませんでした。かえって「看病疲れで殺した」のではないかという警察官の疑いを固めるのに役に立ってしまったようでした。


「お宅の中を調べていいですか?」

一人の警察官がやってきて直ぐにわたしに聞いていました。有無を言わせない口調でした。

「どうぞ」

わたしはたしかにそう言いました。がそれにしても、何時間も無遠慮に家中ひっかきまわされて、それにもわたしはうんざりしていました。

洗面所で屈《かが》んでいた警察官が叫びました。

「あ、出ました!」

白い手袋をはめたその警官が踏み竹を持ち上げて上司らしい人に見せていました。踏み竹がどうしたっていうんだろ。そう思って覗いてみると、裏側にマジックで黒々と字が書いてありました。

「デコちゃんありがとう」

遺書らしいものが見つかって自殺で間違いないだろうと判り、警察官たちはやっと引き上げていきました。何をどうするという気力がありませんでした。たとえあっても、もう夜が更《ふ》けて当時は動きようがありませんでした。棺にも入っていない遺体がある、一間《ひとま》に一畳ほどの板敷きがあるきりのアパートの一室で、たんすにもたれたかっこうでうとうとしながらわたしは朝を迎えました。

わたしは青森のお兄さんに健次郎が亡くなったことを知らせました。

「戒名はつけないでおいて」

東京のお寺だと高いからという理由でした。後はとりつくしまもなく電話は切れてしまいました。

お兄さんには子どもが四人いました。そのうちの一人が東京に資格をとるための勉強に来ていました。健次郎にしてみれば甥ですから、よく酒を飲みに連れていったり、食事に連れていったりしていたものでした。家にもよく来ましたからわたしもその度にご馳走していました。他の甥の結婚問題についても、就職先での生活についても、わたしは義理の叔母として精一杯のことをしてきたつもりでした。何よりも健次郎の妻として健次郎の身の立つように。

そのよく来ていた甥が、健次郎の葬式に列席した、ただ一人の健次郎の血縁でした。

「叔母さん、咽喉仏だけは取っておいた方がいいよ」

この甥が言いました。後で青森でする仏事に必要になるかもしれないというのでした。わたしは正直なところそんなことはしたくなかったのですが言われた通りにしました。

警察が親切だったのは救いでした。死者が出たときにしなければならないことを教えてくれたのが警察でした。

「何もわからないんです、どこに何を頼んだらいいのか、全然」

そうわたしが言うと、葬儀屋さんの手配、区役所への届けのようなことをいちいち親切にやってくれたり、教えてくれたのです。右往左往しているわたしの横で、葬儀屋さんとの細かい打ち合わせからお葬式当日の段取りまですべてやってくれたのは、社長でした。

わたしにはもう一軒電話をかけたいと思うところがありました。真木の家でした。電話に出たのはおにいさんでした。

「主人が亡くなってしまったんですよ」

おにいさんというのはわたしが子守をしていた赤ちゃんのお父さんのことです。おにいさんは開口一番聞いてくれました。

「秀子、お金はだいじょうぶかい？」

どこかの橋の下

葬式が済んで一段落というときでした。おにいさんが電話をくれました。

「秀子、おまえはどこかの橋の下で拾われたというのでもなんでもないんだから」

戸籍を初めて見たときの驚きをわたしは思い出しました。そう言えば、わたしがずっと実の親だと思っていた人たちは、どこからわたしをもらったのだろう。自分の病気、生計を立てる方法、健次郎の職、健次郎の病気と、今直ぐに何とかしなければならない問題に追いかけられて、この疑問は言わばわたしの心の片隅で眠ったままでいたのでした。

「はあ…」

わたしの声が怪訝《けげん》そうだったのを、おにいさんは勘違いしたようでした。

「秀子、健次郎さんと一緒になったとき、戸籍をこっちの役場から取り寄せただろ？」

「ええ、それより前にちょっと用があって…そのとき初めて見ました」

「じゃあ勇造さんの養女だったってことは知ってはいたんだよね？」

「はい」

「いやあ、いきなり変なことを言い出すと思ったかい？」

「いえ」

「ああ、そりゃよかった。実は役場に行ってさ、うまいこと言って昔の書類を見せてもらったりもしてさ。おれ他人だもんな。それから昔織物工場やってた人なんかに尋ねて、確かめたんだよ」

「はい？」

「おばあさんさ、おれのお義母《かあ》さん。お義母さんから、ちょっとだけ聞いたことがあるんだ」

「はあ？」

「おばあさんはよく下部《しもべ》温泉に湯治に行ってただろ」


下部温泉から身延線で二つ三つ手前の駅の落居という駅にあるお寺の何番目かの息子が、通っていた東京の仏教系の大学が夏休みになり、帰省してきた。そのとき下部温泉に遊びに行って、若い芸者と魅かれあうようになり、子が産まれてしまった。だが結婚は認められず、赤ん坊にとっての実の祖母つまりわたしの実父の母に当る人がともかく赤ん坊を一年近く育てた。

おにいさんの話はそういうことでした。

「それでお義母さんが、ちょうど勇造さんとこに子どもがないのを知ってて、両方に話をしたらしいんだよ」

「おにいさん、わたし、二〇歳前《はたち》に下部温泉に、わたしの生みのお母さんだと言われた人に会いにいったことがあったんですよ」

「えっ、そうなのかい？」

「でもあんたはあたしの娘じゃないって……」

「変だな、違う人に会ってしまったんじゃないのか。どういういきさつでその人を訪ねたんだい」

「勤め先のご主人が先ず落居駅近くの坂上にあるお寺に行くようにって……」

お寺？　わたしは自分の言葉を自分で聞きながら変な気がしました。そう言えばどうしてあのお寺に先ず行くように言われたのだろう？

「だって、じゃあその寺が秀子の実のお父さんの家じゃないのかい？」

おにいさんも同じことを考えていました。わたしは下部温泉で会った女の人に言われたこと、それで恥ずかしくなって逃げるように帰ってきたことを思い出しておにいさんに話しました。おにいさんはちょっと考えた後こう言いました。

「そりゃあ秀子、そのときは秀子は、勇造さんが実の親だと思ってたからさ。子どもを養子に出した芸者がいるってどこかから聞きこんだ勇造さんが、その芸者とは全く関係がないくせに、その人のとこに行って金を騙し取った。秀子、そんな風にでも思いこんだんじゃないかい。勇造さんがその芸者の子を引き取ったっていうのだけは、つまり秀子のことだよ、それだけは間違いないはずなんだ。こりゃあ、おまえ、自分でもう一度落居の寺に行ってみるんだね」

わたしはちょっとの間黙っていました。

「秀子？」

おにいさんは電話の調子が変なのかとおもったようでした。

わたしにとって、わたしに対しどんな仕打ちをしようが、母親は幼いとき家を出ていった人その人でした。生みの母親をおにいさんとの会話の中であるにせよ母と呼ぶことが、躊躇《ためら》わずにできることではありませんでした。わたしは生みの母親をどう言い表そうか考えていました。

わたしは結局こんな風な聞き方をしました。

「あの、それで今どこに？」

「秀子、それがさ」

おにいさんは口ごもりました
その人は既に心臓発作を起こして亡くなっているということでした。

子どもがいないわたしが天涯孤独を感じないで済むようにと思いやってくれてのことだったと思います。

わたしはおにいさんに言われた通り、落居のお寺をもう一度訪ねました。駅からお寺までの坂道には柿が多く、朱色が晴れた空に美しく映えていました。そろそろ寒くなる。わたしは思いました。ホームスパンのジャケットとズボン。初めて着るスーツの着心地が固くて緊張して歩いたあのとき、柿には気づかなかった。もう実が落ちていたのだろうか。

四〇年間の空白はつながりました。大月時代のわたしを下部温泉に連れていってくれたお坊さんが健在でいてくれました。

「覚えていますよ。あのときは私も狐につままれたような気がしてなあ。その真木のおにいさんという人のお話を聞いてみれば、間違いないことだ。秀子さん、あなた私の姪だよ。今思えば、秀子さんのお母さんの話を、もっとよく聞き質《ただ》してみるんだった。せっかく訪ねておいでだったのに、母娘《おやこ》の名乗りがあげられなかったとはねえ」

あの冷たい雨の日、養育料を求められて、「それはもうできるだけのことをしたんですよ」と言った人の、その絞り出すような声が耳の奥に残っていました。それならば、お金そのものは義父勇造に流れたとしても、その人ができるだけのことをしたというそのことは、ほかならないわたしのためだったのだ。「母ちゃん」声に出さずにそう呼びかけるだけでも、それには何か勇気が必要で、わたしにはできないことでした。でもわたしはその人にありがとうと言いたい気持で胸があふれそうになりました。

お坊さんは、わたしが黙っているのを、機会を逸したことへの悲しみとか後悔からなのだと解釈したのかもしれませんでした。

「申し訳ないことをしましたなあ」

わたしはあわててお坊さんの顔を見ながら首を横に振りました。
このお坊さんは、わたしの実の父親の兄に当る人だということもわかりました。
「秀子さん、弟、つまり秀子さんのお父さんのことだがね、消息は調べないでやってくれまいか」

真木のおばあさんは、小さいうちに奉公に出されてきた子どもを、それが誰であろうと不憫《ふびん》に思う度量のある人だったと思います。またわたしにも、廊下に落としてあった銅貨をきちんと届ける程度の誠実はあったのでした。でも、でもそれにしてもおばあさんは思えば随分わたしによくしてくれたものでした。

まだ子どもでそのときはそれが当り前のことのように思っていたことでしたが、赤痢で入院することになって、気がついたら枕元に付き添ってくれていた人がおばあさんでした。

いとこなんて言葉もおばあさんに教えてもらったっけ。畳の縁は踏むものじゃないよ。そんなしつけをしてくれたのもこのおばあさんでした。健次郎を連れていったとき本当に喜んでもてなしてくれたものでした。

おばあさんは、つまりわたしの父、いえ、養父が真木のご隠居さんと呼んでいた人は、もしかすると湯治でたまたまわたしの母親を知ったというだけではなかったかもしれません。わたしは娘がお母さんから教わるようなことをほとんど教われないまま奉公に出されていますから、わたしに珍しく見えたことが本当に珍しいことなのかどうかもわかりません。ただおばあさんは着物の半襟などにきちんと糊付けをしないと気の済まない人だったということが思い出されるのです。これは少し余裕のある家の奥さんなら当り前のことなのでしょうか。そういう糊は今と違って入れ物に入って直ぐ使える形で売られているのではなくて、ご飯粒をゆっくりゆっくり煮溶かさないとできないのでした。おしゃれな人だというのがわたしの印象です。着物を着るときも心なしか後ろ襟を少し落とす粋《いき》な着方をしていたような気がするのです。

わたしの母親が一時おばあさんの年下の朋輩だったということはなかったのでしょうか。もしそうだとしたら、身につまされてというのでしょうか、母が自分の子を育てられない悲しみを普通の人以上によく解って、わたしに目をかけてくれたのではないでしょうか。これは誰かに確めたこともないことです。

わたしの手元に一枚の写真があります。

母は三〇代半ばというところでしょうか。割烹《かっぽう》着を着ていて、幅の広いたすきをかけています。そのたすきには「大日本国防婦人会」という字が大きく書いてあります。鏡と見比べてみると、わたしより少し丸顔で、でも目の辺りや眉の感じが少し似ているような気がします。

子が親に似てくるのはある程度の年齢になってからということを聞きます。下部を訪ねた頃わたしはまだ一〇代の終わり頃でしたから、お互いに似ているとは気がつかなくても当然だったかもしれません。

母がわたしを捜しにきてくれることなどはありませんでした。縁があって結婚したそうですから、とてもできないことだったのかもしれません。寧ろわたしは母が一度手放した娘を頼って何としてでも捜し当てなければならないというような苦境に陥ることがなくて済んだのだと喜んでいます。そうして二度大きな病気をしたとはいえ、その後は元気に働きながら暮らしてこられた、そういう強健な身体に産んでくれたこと。それだけでわたしは母に、そして父にも感謝していま す。

この写真は母方のいとこに当る人からもらいました。このいとこは母方の家の跡継ぎになっている人です。それでおにいさんが会っていろいろ聞いてみたいだろうと言ってくれて、真木のおねえさん（おにいさんの奥さん）が、わたしをその家に連れていってくれたことがあるのです。お蔭で母のお墓参りをすることもできました。

第四章　不休《ふきゅう》

夜間中学へ

夫と死に別れた人がそのことを実感するのはどんなときなのでしょうか。

健次郎が亡くなったということをわたしが一番痛切に感じるのは冠婚葬祭のときでした。それは一緒に出席するはずの人がいないというようなことではないのでした。

冠婚葬祭には熨斗《のし》袋が付き物です。表に「御祝」とか「御仏前」とか書いて下に自分の姓を書かなければなりません。それがわたしには大変な苦痛でした。

字を書くことが苦手だという人はいるでしょう。でもそれは字が下手だからというのではないでしょうか。それ以前に字をよく知らないということがわたしの理由でした。子守をしながら覚えたと言ってもたかが知れています。正式に漢字を習ったことが、小学校四年生で奉公に出されてこのかたないのです。

個人タクシーの開業のために必要ないろいろな書類はわたしが調《ととの》えたのでした。でもそのことにわたしは多分普通の人の十倍以上の努力を傾けなければならなかったのです。

「すみません、これはどう書くのでしょうか」

書類を一枚書くのに、それどころかその中の欄一つ埋めるのにも、その都度《つど》窓口の人にそう聞きました。聞いただけでは書けないので、見本を貸してもらったり作ってもらったりしたものでした。

熨斗袋の表書き、何かの会での受付での署名。会社がらみの用のときにはほかの人に「ちょっと書いといてくれる?」などと言って済ませてしまうこともできました。が、会社をやめなくてはならないときが刻々と迫っていました。年金のためのいろいろな手続き。そういうものが独りでできるかどうか不安でした。そんなことを会社の同僚に代わってもらうことなどできるわけがありませんでした。ましてや会社をやめてしまった後になど。

「わたし、新宿にいたことがあるのよ」

墓場まで持っていくつもりでいた過去を何かの拍子にママに洩らしてしまったことが一度だけありました。健次郎が亡くなる前後だったと思います。

「あら、そう」

そう軽く聞き流すようにしてくれたのはさすがでした。

けれどもママはわたしがアパートの住人たちの水道料を書いたメモなどを渡すと平気でこんなことをずばずば言うのでした。

「みみずが這ってるみたいな字ねえ」

何もママにそう言われたから思い立ったというわけではないのですが、わたしはある日宣言しました。

「わたしね、夜間中学に行こうと思うんですよ」

「それはいい、是非行きなよ」

社長が言ってくれました。

そんな風に励ましてくれる人がほとんどだった中で、呆れ顔をした人がいました。

「今さら中学だなんて。恥ずかしくないの?」

ママの感想でした。

今わたしは厚生年金でそう苦しくなく生活することができます。ママがわたしたち社員に年金を払えるように借金までしてくれていたことをわたしは知っています。遡ればママがわたしを社員にしてくれたことからして。何よりもママがわたしにくれた最大のものは信頼で、わたしはママに常に憧れと感謝を抱いていました。ママはわたしにどんなことでも言っていい人でした。

でも中学に行くという決心だけは、ママに何と言われようとも翻すわけにはいきませんでした。恥ずかしいという気持は全然ありませんでした。

夜間中学というものを知ることができたのは、少し前に放映されたテレビ番組のおかげでした。その番組は寅さんシリーズで有名な山田洋次監督の「学校」という映画でした。

役の名前は忘れましたが田中邦衛の演じる、服や下着をリヤカーで売り歩いている五〇代か六〇代の男の人が、小学校を三年生までしか行けなかったというのです。たまたま知り合った親切な医師の助力で夜間中学というものを知ります。

――ああわたしは四年生までしか行けなかったとずっと思い続けてきたけれど、一年短くって三年生までしか行けなかった人もいるんだ。

わたしはこの映画に引きこまれました。

田中邦衛は夜間中学に行けば字の読み書きから教えてもらえるとわかり、さっそく入学の申込みに行きます。田中邦衛が一番気にしていたのは費用がいくらかかるかということでした。このとき西田敏行の演じる先生が義務教育だからほとんど費用はかかりませんときっぱり言い切って田中邦衛を励ましたのがとても頼もしく見えました。

田中邦衛は入学はしたものの昼間の仕事の酷《きび》しさからくる疲れ、それに何よりも何十年もの間に習い性となってしまったコンプレックスのせいで、習った片仮名《かたかな》を黒板に書いてみるように西田先生に言われても「俺はいい」といった調子でさぼろうとします。それで、西田先生は思いついて、月並な例題をやめて競走馬の名を書いてみろと言います。すると田中邦衛の目の色が変わります。勇んで黒板の前に出ていきます。力をこめて「オグリキャップ」と書きます。そうしてみんなの拍手喝采《かっさい》を浴びます。

わたしも、一頃《ひところ》健次郎につきあって競馬場に行って病みつきになったことがありました。だから「オグリキャップ」となら自信をもって書けるという田中邦衛の気持がよく解りました。それに西田先生の親切さ、熱心さがとてもよく出ている場面です。お茶を飲みながら見ていて夢中になり、気がついたときには湯呑を持ち続けていた手首がこわばったようになっていたことを憶えています。

わたしは次の日都庁に電話しました。

「夜間中学に行きたいんです。どちらにお聞きすればいいんでしょうか」

そうして教育委員会という名前をおしえてもらい、そこに電話をかけなおしました。そうして会社にいちばん近い学校の名前をおしえてもらいました。

入ってみてわかったことには、それこそ『学校』のモデルになった小松川第二中学でした。そうしてわたしが本当にこんな先生がいるといいなあと思った西田先生のような先生が本当にいる中学でした。

それから田中邦衛そのままの人も。女性でしたが。字を覚える余裕が今までなかったというその人は半分涙声で話してくれました。

「書類を作ってもらわなくちゃならなくて区役所に行ったんです。申込書を書けって言われても書けない。職員に言われましたよ、『住所・氏名も書けないの？　所帯もちでしょ？　子どもをつくることはできても字を書くことはできないわけ？』って」

夜間中学には勉強したいと真剣に思っている人が入ってくるのです。なぜ勉強したいかというと、字が読めない、書けない、計算ができない、そのことで、悔しい思いをしたから。そんな人が多いのです。せっかく夜間中学に来たのに、勉強がわからない。そんなことが絶対にあってはいけない。先生たちはそう真剣に思ってくれていました。それでクラス分けが「進度別」になっていました。例えば国語だと平仮名が読めるか、書くこともできるか、漢字も書けるかによってどのクラスに行くかが決まるというように。

漢字が少し書ける人向きのクラスに、わたしは入れてもらいましたが、なかなか厳しいものでした。毎回、前回習った漢字の復習テストがありました。ます目の横に仮名《かな》だけが書いてあるプリントを先生が作ってきてくれます。終わると先生は直ぐ生徒の席を回って書けているかどうか点検してくれました。

夜間中学と言っても夕方に始まってしまいます。社長に頼みこんで、朝他の人より三〇分早く出社する代わりに、三〇分早く退社させてもらうことにしました。そうして始業より少しでも早く教室に着くようにしました。そうして授業の始まる前にその日のテストに出る漢字の書き取りをしました。

先生たちの工夫はクラス分けだけではありませんでした。数学も先生が生徒がつまずいている所を探りながら毎回何枚もプリントを作ってきてくれました。それから黒板を使ってよく自作の問題を出してくれました。

千から七を引いたらいくつかという計算問題を先生が出します。千の一の位は〇です。〇から七が引けないと困っている生徒が出ます。すると先生は、黒板に五百円玉一個、百円玉四個、一〇円玉九個、そして一円玉一〇個の絵をかきます。こういう買物の練習を繰り返すうちに、一つ上の位から一〇借りるということがみんなできるようになるのでした。

そういう計算問題までは、子守をしながら九九を暗唱していたのも役に立ったのか、何とかなりました。が、X《エックス》を使った式がどうのこうのという辺りからどうも怪しくなりました。

四苦八苦しているわたしに数学の先生がこんなことを言ってくれました。

「小林さん、失礼だけれども、今から数学をやって大学に入って、更に仕事で数学を使うということはないのではないでしょうか。これからはコンピューターの時代ですよ。覚えるなら方程式よりコンピューターがいいですよ」

ちょうどIT革命という言葉が盛んに新聞やテレビを賑わしていた頃のことでした。

わたしは字に全然自信がないので、夜間中学に入る少し前からワープロを独学で始めていました。それでコンピューターを始めることに壁は感じませんでした。

メールのやりとりができるようになると社長のお姉さんのお子さん（小さいとき社員旅行に一人でついてきてくれたお子さん）を始め、いろいろな人がわたしを気遣ってよくメールをくれるようになりました。それ以前もよく電話はもらっていたのですが、メールのおかげで目の前がぐんと開けた気がします。

これぱかりは初めから大目に見てもらった科目がありました。体育です。

バスケットだのバレーだのは、若い人たちと一緒にするというのは無理なので、「見学」ということにしてもらって、その代わり毎回レポートを提出するように言われていました。

漢字を知りたい、もっとたくさん書けるようになりたい、もっと自信をもって書けるようになりたい。それぱかりが頭にあったわたしには、国語の時間に、『伊豆の踊り子』を読んだことも新鮮な経験でした。

わたしは以前この小説を読んだことがありました。新宿にいる頃だったと思います。店の表で客を待っているときはひまなことこの上なしですから、仲間とおしゃべりしているわけです。服だの食べ物だのの話題のほかに、『伊豆の踊り子』、それから『青い山脈』の誰がどうだなんてことを話していた憶えがあります。

もしかすると療養所の図書室にこの本があったのかもしれません。図書室などというものは普通の病院にはないでしょうが、療養所は何しろ長く入っていなければならない人が多いので、こういうものがあったのです。ノートに名前を書きこむだけで、ただで借りられました。

「伊豆の踊り子」は本を読んだだけでなく、その後映画も観にいったことがあったのです。

ですからどんな物語か解っているつもりでいました。ところが、意外でした。

「踊り子が他の客の座敷で踊っているとき、学生はどんな気持でいたのでしょうか」

そんな風に改めて問われるとわたしは答えられませんでした。ただざーっと筋を追うだけで読んだ気になっていたのだと気付かされました。

思ったこと、考えたことを書く、それも原稿用紙に書くというのもわたしには初めてでした。始めは一字下げるのだ、そんなこともここで教わったことでした。


夜間中学の教室、先生の話を聞き漏らすまいと集中しているわたし。今でも目を閉じると懐かしく浮かんでくる光景です。

秋には文化祭もちゃんとありました。全員が書道の作品を出品するように言われました。わたしは初めて墨をすり、筆をもちました。

夜間中学にはいろいろな事情から中国で育って、日本語があまりできないという人が何人も来ていました。

その人たちには専任の先生がいました。見城先生です。見城先生は授業のとき通訳をしたり課外授業で日本語を教えたりしていました。

見城先生は土曜日などに授業が終わってから食堂に希望者を集めて書道を教えてくれました。中国から来ている人たちは漢字を書き慣れているせいか、皆字が上手だったのを憶えています。わたしはこの特別書道教室に必ず出ていました。

その日に一番うまく書けた一枚を選ぶようにわたしたちは言われていました。先生はそれを毎回階段の壁に貼り出してくれました。他の先生たちがそれを見て、ああ、随分上達したね、とほめてくれたりでもするとわたしはますます土曜日が楽しみになりました。

「書道っていいなあ」

ある日そうして貼り出された作品を眺めながらわたしがつぶやいたのが、たまたま通りがかった一人の先生の耳に入りました。それで書道教室が正規のクラブに昇格したのはうれしいことでした。

夜間中学での心残りはただ一つです。

行き帰りの電車で一人だけ他の人と離れてポツンと座っている男の子をわたしは時々見かけま

した。まだ「茶髪」が当り前でないときでしたが、ずいぶん派手な茶色に染め、青紫色のジャージーなんかをよく着ている子でした。休みがちで、登校してきてもおしゃべりの輪に入っているところを見たことがありませんでした。

遠足の日でした。もしかすると今日も来ないかもしれない。もう待たないで出発しようか。そんな声が出始めたときになってその男の子が集合場所に現れました。

わたしは気になって話しかけてみました。

「昨日夜更かししたの?」

その子が随分間を置いて答えてくれました。

「ぼく、他人《ひと》が怖いんです。小学生のときに、いつもいじめられてて…昼間の中学にほとんど行けなかったんで、お母さんが、じゃあ夜間中学に行ってみたらって言うんで…でも今日も来ようかどうしようかすごく迷っちゃって…」

派手な髪や服装と裏腹の淋しさを、お祖母《ばあ》ちゃんのような年の他人には話し易かったのかもしれません。

その後お母さんと話す機会がありましたが、気の毒なことに、お母さんも子ども時代に同じ目に遭《あ》っていたのだそうでした。この子はその後も休みがちでした。

夜間中学に入るまで、気がついてみれば三〇年の間、わたしは会社と家を往復するだけの狭い世間を過ごしてきていました。定年は六〇歳が相場のはずが、わたしは六〇を過ぎても勤めを続けていました。

「どうして小林さんだけ……」

そういう声はわたしの耳にも入ってきました。が、社長が火消しをしてくれていました。

「何、デコちゃんは特別なんだから」

そんな風に言ってくれる社長は、もしかするとわたしの以前の境遇を薄々察していたのかもしれません。

これはごく最近聞いたことなのですが、ママは社長に何も話してはいませんでした。

「デコちゃん、随分大変な思いしてきたのよ」

社長が聞いているのは、そんな言葉だけだったということです。

ただ社長はずっと以前、こんなことをふと言ったことがあるのです。

「デコちゃんは、よくその歌を歌ってるねえ」

その歌というのは敗戦後直ぐに流行《はや》った「こんな女に誰がした」でした。

が、社長はそんなことを言いふらすような人ではありません。だから、他の社員は「特別」の意味を知るわけもなく、ただ不公平をかこっていたはずでした。わたしは特別扱いに安住して、亡きパパとママの肝いりで入社した古顔ぶりを発揮していたのかもしれませんでした。

「何よ、あんた、そんなこともできないの」

仕事の手際がわるい同僚に、そういった台詞を投げつけるのも平気でした。

夜間中学で、草という字を間違えて「早」と書いた生徒がいました。

「草冠《くさかんむり》というのは草に関係がある字につけるから草冠と言うんだよ、草冠がつかなかったら草にならないよ」

こんな風に先生が懇切丁寧に説明しているのを横で聞いていて、わたしは初めて気がつきました。人にわかってもらうにはこういう風にするものだったのだと。

会社でいくら急ぎの仕事だったにしても、「これはこうすればもっと早くできるからこうやってね」と順序立てて説明するのだった。わたしは遅まきに悟りました。夜間中学で、期せずして国後や算数以外のことを学んだのでした。

「小林さん、随分丸くなったね」

わたしは夜間中学に入って間もなく、そろそろ潮時と思って辞めた会社にちょくちょく遊びにいってよくそう言われるようになりました。

夜間中学の最後の三学期の中頃、授業が終ったときわたしは先生に呼びとめられました。

「小林さん、毎年ね、昼間部の卒業式に夜間学級の代表者が出ることになってるんですよ。今年は小林さんにお願いしますよ。原稿書いて、それ読めばいいんだから。空《そら》で言わなくちゃいけないんじゃないから」


小松川第二中には一六年間も写真を撮りに通っている女の人がいました。また新聞記者が取材に来ることもありました。

「ここに来ていることは家族の者にしか言ってないの」

そう言って、顔の前で手を振りながらカメラを避ける人が多いのでした。でもわたしはいろいろな人と話をすることで少しでも勉強になればと思っていました。

「そうですか、六四歳で入られたんですか!」

記者はそう繰り返しました。

「随分いろいろおありだったんでしょうね。どうでしょう、小林さんのことを紙面で紹介してもいいですか」

記者はわたしのアパートに来て、壁に貼ってある当用漢字表などを眺めながらメモをとっていきました。こうして「讀賣新聞」に短い半生記が載ったこともありました。

最年長だということ、夜間中学に来られて幸せなのだと公言していたこと。多分それが、わたしにお声がかかった理由だったと思います。でも、新聞記事はインタビューを受けて記者にまとめてもらったにすぎないものでした。夜間中学に来てから、作文を書くという課題を出されたことは何度となくありました。が、大勢の人の前で読むとなると？

社長が何年か前にこんなことを言い出したことがありました。

「これから月曜日の朝には誰か一人、みんなに挨拶してさ、何か一言スピーチするってのはどうかねえ。土日《どにち》にどうしてたなんてことでも、こんなニュースがあったけどどう思うなんていうのでも、今朝何食ってきたってのでも何でもいいからさ。何、誰から？　そんなのは、タイムカードの順番でいいやね」

わたしはそのとき、これはとんでもないことになったと思いました。それ以来、来週はわたしの番というときには、何を話そうと思っただけでどきどき、どきどき動悸が止まらなくなって困ったものでした。

尻込みするわたしに、先生が言いました。

「もう職員室では小林さんがいいということで全員一致なんですから、是非。原稿はいくらでも直してあげるから」

たしかに、先生はいくらでも直してくれました。渡された原稿用紙のますを何日もかけてやっと埋めていったのに、頭が痛くなるほどあれこれ言われ、原稿は先生が説明しながら引いたり書き込んだ線や字で真っ赤になってしまいました。それが一度や二度ではありませんでした。

「これでよし」

そう言われたときには文字通り胸を撫《な》で下ろしました。

ところが安心するのは早かったようでした。声を出して読む練習が待っていました。

「小林さん、間違えないで読むだけじゃなくてね、口を大きく開けて」

やっと口を大きく開けて読めるようになったかと思うと、また違うことを言われました。

「小林さん、マイクはあるけど、広い体育館で、人も入るとね、声が吸われちゃうんですよ。もっと背骨を伸ばして、原稿を高く持って。下を向いてると声が籠《こも》ってしまいますよ」

口の開け方も姿勢もよくなってもまだ困ったことがありました。当日のことを想像するだけで上がってしまうのです。わたしは社長（わたしは会社をやめた後も洵さんを社長と呼んでいます）に相談しました。

「デコちゃん、そんなのはね、客はみんなかぼちゃだって思えばいいんだよ」

卒業式の朝、わたしはかぼちゃ、かぼちゃと念じながら家を出ました。ところが会場に着いてみると卒業生だけでなく、保護者、それに都の偉い方までずら一っと並んでいるのでした。

「小林さん」

司会の人に呼ばれて椅子から立ったものの、脚ががくがくしてマイクの位置にまで僅か数歩を歩くのが大変でした。

皆さんご卒業おめでとうございます。

私も皆さんとおなじ中学卒業です。ちがうところは、私は四月になると満六八歳になります。小学校もろくに出ておりません。家庭の事情で一一歳の時に外に働きに出ました。それも五年と言う年季奉公でした。昔のお金で五年間、三五〇円でした。そのお金で家を造るたしにしたのです。母親もそれまで五人も変りました。でも小さい時はそれがあたりまえと思いあきらめました。仕事と言っても朝早くから夜おそくまで背中に赤ん坊をおぶっているのです。私はそれでも親をうらんだ事は一度もありませんでした。小学校三年生の時おそわった九九を子守歌のようにして覚えました。それは今でも一つも忘れてはいません。子供の時に憶えた事は年を取っても忘れません。

私は子守をしている時本が読みたくてたまりませんでした。近所の子供が一学期が終るとその本をもらってむずかしい字は大人の人に聞き、かなをふって読んで勉強しました。

私は二八歳で結婚しました。しかし学校を出ていないためどこの会社もやとってはくれませんでしたが、パートでなんとか生活は出来ました。その時、今の印刷会社の社長に会い、三二年間お世話になったのです。主人は一六年前に亡くなりました。子供もおりません。

「定年ですよ」と言われた時、私は好きな勉強が出来ると思いました。でも、どこでどのようにしたら良いかわからず、東京都の教育委員会に電話してこの小松川第二中学校夜間学級を知り入学したのです。でも少しも淋しくありません。私には勉強があります。

この学校の夜間学級に入学していろいろな勉強をする事ができました。なかでも一年生の時文化祭で書道作品を一人一人書きました。それまで筆など手にした事はありませんでした。私も「秋の文化祭」と大きな字を思いきり書きました。文化祭で展示された作品を見て、字にはその人の個性が良く出るものだという事が分りました。なんとかして自分の納得のゆく字が書きたいと思い書道の通信教育を受けるようになりました。始めは八級でした。習いたての頃は、ただ線を書くだけでしたが、それでもあきずにこつこつとやって三年間に二度も入選する事が出来ました。今は二級に挑戦しています。

学校に入ったばかりの時はひらがなばかりでした。それで漢字の練習を一字ずつ書取りをやりました。今はあまり不自由なく書けるようになりました。学校に入る前は字は読めても書けなくて、ワープロを買い自分流に勉強して、はがきなどは、打てるようになりました。しかし相手によっては失礼にあたるし今度筆で小さい字を書けるように頑張りたいと思います。

夜間学級には外国から来た人達も大勢います。始めの頃は日本語がわかりません。それでも笑顔で「こんばんは」と声を掛けると言葉がわからなくても笑顔が返ってきます。日本語が不自由な人達でも笑顔を交し合うことで心が通じ合うと言うことも経験しました。

人間どんな苦しい時でも笑顔を忘れてはいけないと思います。私は自分がどんなに苦しい時も人をうらんだ事はありません。生んでくれた母親に感謝しております。五体満足でどこも悪くなくりっぱな体です。

今はだれもたよらず自分で考え、自分で行動しています。親があっても子供があってもいつかは自分一人です。世の中が悪い何が悪いと言った所で解決はつきません。自分一人です。

私も、今度皆さんとおなじように高校に行きます。私の場合も定時制です。皆さんもむずかしい問題が出来た時本当に嬉しいと思った事はありませんか。私は出来た時など大声を上げて喜んでおります。私は今最高に幸福です。

私の夢はパソコンを自由に使えるようになる事です。インターネットでいろいろな情報を取り入れたり、自分からも発信したりしたいと毎日パソコンの勉強をしています。

私は皆さんにどんな環境にあっても、自分を信じる事の大切を訴えたいと思います。

皆さんと同じように、明日は夜間学級から私をふくめて三〇名が卒業します。皆さん、小松川二中の卒業生としての誇りを胸に、自分らしい人生を歩んでいきましょう。

今日はご卒業、誠におめでとうございます。

読んでいるときは夢中で、自分の書いた文章だというのに意味も追えないままでいました。ところが読み終ったとき、わたしは皆さんからすごい拍手をいただきました。わたしの最高の思い出です。

漢字を読む。漢字を書く。文章を読む。文章を書く。聞く。話す。その訓練を続けるうちに自分の思いを表現し、伝えることができるようになりました。そのことによって他人の思いを推《お》し量《はか》れるようになりました。他人《ひと》とコミュニケーションを図《はか》ることができるようになりました。自分に自信がつきました。それと同時に、人は多くの人の助けを借りてこそ生きていけるのだと改めて実感することになりました。

そういう夜間中学への感謝が伝わったのだと思いました。わたしは自分の夢をもって頑張っています、夢をもって頑張りましょう。そのようなわたしの言いたかったことが伝わったのだと思いました。

二度目の中退

夜間中学での生活がすばらしいものだったので、わたしは当然のように進学を決めました。

定時制高校の入学試験は作文と面接でした。作文が通ると面接に進めるのです。わたしは面接の先生にもっと勉強したいのですと訴えました。願いは通じました。

実はこの定時制高校は桜井さんの勤めていた会社のある街にありました。四〇年も前、入院中にしてもらった援助が今いくらぐらいの金額に相当するのか、一部でも返してお礼を言いたい。それ以上の気持はなかったと思います。ただ忘れもしない太平商会という名が彫られた看板のかかっている建物に向かって歩きながら動悸がしたのも事実でした。

その建物はなくなっていました。それがあったはずの場所は小さな公園になっていました。年配の夫婦連れが通りがかったので、わたしは尋ねてみました。

「太平商会？　ああそういえばあったわねえ」

「この辺りは区画整理になりましてね」

「社員の方はどちらへ？」

「さあねえ。随分前のことですし」

淡い望みが潰《つい》えました。

夜間中学の同窓生で進学した人はほとんどいませんでした。高校は中学と違って学費がかかるということも原因だったかもしれません。

そのこともあってか、定時制高校では親がかりの生徒が目立ちました。高校ぐらいは卒業させなければ。そう焦る親に言われたから来ているといった生徒が少なくないようでした。授業中までも手をつないでいるカップルを何組も見かけました。

トイレの中によく煙草の煙がもうもうとたちこめていることも気になりました。たった五分間の休憩時間に校舎の外に飛び出して吸っている生徒もよくいました。そんな人は吸殻の始末もそこそこに教室にもどってしまったりするので、近所から苦情が来ることもありました。

家計のために酒をすっとやめられたわたしが、それから何よりもクスリを、苦しんで苦しんで断つことができたわたしがやめられないのが煙草なのです。トイレで吸うのは厭でした。道で吸うこともっと厭でした。

夜間中学時代がしきりに思い出されました。夜間中学では無理に禁煙にすると隠れて吸うようになる、火事が心配だと先生たちは考えていました。それで一時間目と二時間目の間の休憩時間には煙草を吸っていいことになっていました。一時間目が終わると先生が廊下に水を張ったバケツを置きました。バケツの周りに吸いたい人が集まりました。煙草が好きな先生が生徒たちと一緒に吸っていました。わたしもその輪の中の一人でした。

何としても勉強したい生徒が集まるから先生が熱心になるのか、生きるのに必要なこと何としても身につけさせようと先生が必死なので生徒がついていくのか。にわとりとたまごの関係かもしれませんでした。煙草はよくないものにはちがいないでしょう。ただ煙草の扱い一つにも、そういう夜間中学の先生たちの熱意が漲《みなぎ》っていたような気がしてなりません。

六〇歳前後から、わたしは管理人をしがてら住み続けてきたアパートを出る準備を始めていました。大家さんであるママは古稀を疾《と》うに過ぎていました。昔パパが、パパが亡くなったずっと後のことまで心配してくれていたことがわたしの頭から離れませんでした。ママにもしものことがあったら、ママの持物であるこのアパートはどうなるのかなあ。そういう不安をわたしは抱くようになっていました。

夜間中学に入った年に、それまで何度も申込みをしては落選していた公営住宅が当りました。

「どうしてよ。ずっといたらいいのに」

ママは不快そうでした。わたしはママに理由を言うことができませんでした。

わたしにはもう一つの理由がありました。引越しを機に健次郎のものを処分したいということでした。そのこともまた口に出しては言いにくいことでした。

引越しがママとの喧嘩別れのようになってしまいました。

アパートの管理人の仕事はそう楽なものではありませんでした。特に夜間中学に入った後は、帰ると一〇時になっています。ママは仕事柄夜型でしたからもちろんまだ起きています。

「ママ、ただいま」

月末ともなると、わたしがそう言うか言わないうちからママに聞かれたものです。

「デコちゃん、家賃集まった?」

アパートというものは借りる方も家賃の支払いが大変ですが、貸す方も家賃を会社の運転資金にでもしていようものなら、とてもそうおっとり構えてはいられないのです。

「ええ、明日中には全部」

その場はそう答えておきます。でも頭の中では素早く翌日の計画を立てているのでした。

――明日のお昼休みにちょっと銀行に行って自分の口座からおろしておいて……


管理の報酬という意味で同じ広さの部屋に住む他の住人の半分ほどに家賃をまけてもらっていたとはいえ、わたしも家賃は払っていました。わたしはママに謝罪しなければならないほどひどいこと、後ろ足で砂を蹴るような真似をしたわけではない。一人のわたしがそう声高に主張しました。が、もう一人のわたしは「『ママ、ごめんね』ってどうして言わないの?」と囁《ささや》きました。

あれほど親しかったママと半年もの間音信不通同然でいたわたしはずっと考え続けていました。それがちょうどいい冷却期間になりました。離れてみるとあのときはどう考えてもママが悪い、でもその事だけとってみればそうかもしれないけれども、わたしが今こうして老後を困らないで暮らせる算段がついているのは、元はと言えばパパと、そしてママが……どうすべきか。その結論がわたしの裡《うち》で揺るぎなく固まってくるのでした。ただ「あのときはごめんなさい」とずっと言えるような時期は疾うに過ぎてしまっていました。

わたしはお中元の時期をとらえました。デパートに行ってママ宛てにビールを一ダース送りました。

受け取った人からのお礼の電話。それを普通の儀礼を受け取る人の一〇倍のうれしさでわたしは受けました。でもそのうれしさは言葉になりませんでした。

「ママ、お風呂上がりに一杯やってね」

そう言うのがそのときはやっとでした。

それから間もなく社長のお姉さんの幹子さんからママが大怪我をして入院しているという電話が来ました。ママは夜遅くでもよく歩く人でしたが、地下鉄の階段を踏み外したというのです。

退院後のママは元通りの元気さで以前のようにまた海外に出かけたりしていました。わたしはすっかり安心していました。

会社の近くを何かの用があって歩いているときにママと出くわしたことがありました。高校に行くまでにはちょっと時間がありました。目についたお店に入って一緒にひもかわうどんを食べました。

以前ママとわたしはこんなときいつも割勘にしていたのですがこのときは違いました。

「デコちゃん、今日はおごるわよ」

ママが言ってくれました。

ママの肺に影がある、ガンの病巣があるからだ。そう聞いたのはその翌々日でした。煙草を吸わない人なのに。わたしはママが気の毒で泣きました。

わたしは二年生に進級できることになっていました。進級に必要な書類に印ももらっていました。定時制高校での毎日が夜間中学のときに較べると精彩を欠くものであったにしても、とにかく卒業しておきたい、今がわたしにとっての最後のチャンスなのだから。そう思わないではありませんでした。

でも同時に、できるだけママの看病をしたい、しなければならないという気持の方がずっと強いのをわたしは感じました。わたしは定時制高校をやめました。わたしはママの二人のお嬢さんや社長、社長の奥さんと交替で病院に通いました。

ある朝電話がかかりました。

「逝っちゃったよ」

社長の知らせでした。わたしは住居のある高田馬場から、ママの最後の転院先である半蔵門の病院までタクシーを飛ばしました。でもママは病院を出た後でした。

前払い

会社をやめた後わたしの生活に張りを与えてくれているのは書道です。

夜間中学で初めて書道に出会ったとき、初めは真っ直ぐに線を引くことさえ覚束《おぼつか》なかったものです。が、「入り」、「はね」、「はらい」などで、尖らせなければいけないところを時々は尖らせることができるようになってみると筆をもつことがとても楽しみになりました。

子守時代を振り返っても、わたしは字を書くことがとにかく好きなのだと自分でも思います。

夜間中学に入ろうと決心したのは、読み書きが自在にできるようになりたいということのほかに、その頃、会社をやめてしまうと「毎日が日曜日」になってしまうという言葉を新聞やテレビでよく聞いて、このままではわたしもそうなると不安になっていたからでもありました。

わたしはその心配とは無縁です。書道の学校がちょうど今のアパートの近くにありました。ずっと週一回通い続けています。書道の会報を出している会にも入っています。上の段に進むために定期的に作品を送らなければなりません。

三年日記を社長からもらって以来もう何冊も書き続けていますが、この日記をぱらぱら繰ってみると字がぐんぐんうまくなってきているのが我ながらうれしくてしかたがありません。

公営住宅に入れたにせよ、家賃以外に一万数千円という月謝を極端に切り詰めなくても払える恩を亡くなってしまった人にどうやって返すことができるのでしょうか。

パパの毎月の命日に、わたしは一〇年間以上お墓参りに通っていました。今はパパの命日は失礼していますが、ママの命日四日には毎月必ずお墓参りに行っています。

「ねえ、ママ、こんなことがあったのよ、どう思う?」

わたしはこんな風にママに話しかけます。

健次郎の法事は一七回忌まで済ませました。健次郎の親類には三周忌より後は来てもらっていません。もしあの世というものがあるなら、わたしがいつも傍にいてほしいと思う人、相談相手になってほしいと思う人、それはママと、それからもう四〇年も前に亡くなったパパ以外にいないのです。

「ねえ、わたしもママのお墓に入れてもらえないかしら」

わたしは社長に頼んでみました。

「デコちゃん、それならねえ」

そう言って社長はわたしを箱根の集まりに連れていってくれました。社長を始め、ママのお子さん達やそのまたお子さんたちが集まって、そこでママの形見分けをしようということになっていたのです。みなさんが快く応諾してくれたので、わたしは本当に安堵しました。

ところがこの約束がとても高いものについたのです。

「デコちゃん、お墓の家賃は前払いだよ」

そんなことを社長が言うのです。

「えっ?」

わたしはぎょっとしました。

「社長、パチンコだってやめて社長に少しでも遺《のこ》そうとしてるんです、少しまけといてね」

でも社長のいう家賃というのはこういうことでした。

「デコちゃん、せっかく夜間中学、定時制と通《かよ》ったんだ。作文の練習したでしょ。自分史を書いて親父《おやじ》とお袋《ふくろ》への土産《みやげ》にしてよ。デコちゃんが自分史を書いたら、それがそのまま一つの昭和史になるんだからさ」

伝えたいことがある。「悪いときはいつまでも続かないの。努力していればきっといいときもあるの。わたしがそうだったのよ。自分の命を粗末にしてはいけない。顔も知らない人を誘って、練炭を車の中で燃やしてなんてとんでもないことよ」と。もし子どもがいたなら、子どもに。でもわたしには子どもがいない。夜間中学の卒業式で祝辞を述べる機会をわたしはもらった。でもあれでは足りない。できればもっと多くの人に。そしてできればもっと深く。

深く？　でもそのためには？　墓場までもっていこうとずっと思っていた過去までも捨て身で曝《さら》すのでなければほんとうには伝わらない。それでわたしは決心しました。

あとがきに代えて

竹村香津子

一七年前、「平出修研究会」に入会したとき、お近づきになった児玉洵さん（文中に出てくる大部分の人については仮名を用いています）からリライト（書き直し）をする人を捜しているとお聞きしたとき是非私にさせてくださいと飛びついたわりに時間が随分かかってしまって、待ってくださっている小林秀子さんには申し訳ないことでした。

文中に出てくる平出修（これは実名です）は大逆事件（判決及び死刑執行は一九一〇《明治四三》～一九一一年）における二六人にのぼる被告のうちの二人の弁護をした人です。

平出修が直接弁護した二人の被告の一人高木顕明は和歌山県新宮である寺の住職をしていた人で、檀家には事情があって極貧の人が多かったのでお布施をとらずに他所で日雇い仕事などをして暮らしを立てていました。たまたま地元でやはり貧しい人に篤《あつ》いので愛されていた医師大石誠之助と親しく、その大石が秋水と親交が深かったため「一味」だろうということになり検挙される破目になったのです。

新宮にも遊郭があったので高木顕明は廃娼（役所公認で売買春をする店をなくすこと）運動にも携《たずさ》わっていました。デコちゃんに対して常に差しのべられていた「パパ」の温い手には紛れもなく、不当な扱いを受けていた人たちのために生活の全精力を注いでいた僧侶を救おうとして全身全霊をかけた平出修の血が流れていたようにおもわれてなりません。

この仕事をまごまご長引かせているうちに、とても心配な動きが急になってきました。教育基本法の改正問題です。(因みに「改正」という言葉には「正しく」するという意味はなく、法と名のつくものは、何でも変えれば「改正」と呼ぶのだそうです。)改正論者の一人である自民党の政治家が――前文部科学大臣ですが、就任する少し前に「平成の教育勅語」を作るのだと公言していたということです。デコちゃんは「窓」や「熊」の字は教わらないうちに小学校をやめさせられたのに、「教育勅語」だけは七〇歳を過ぎた今でもすらすら暗唱できるのです。これは当時の「教育」が兵隊とその「銃後を守る」従順な妻子を作り上げるためのものにほかならなかったことを物語るものではないでしょうか。本来の教育は個人個人が自己実現できる力を身につけることを目的とするものでなければならないはずなのに。「平成の教育勅語」は一体どういう力を身につけさせようというものなのでしょうか。

自分を二度産みなおした女

2005年3月7日　初版第1刷発行

原　著　　小林秀子
　文　　　竹村香津子
カバーデザイン　桑谷速人
発行者　　川上　徹
発行所　　(株)同時代社
〒101-0065　東京都千代田区西神田2-7-6
電話 03-3261-3149　Fax 03-3261-3237
印刷・製本　中央精版印刷株式会社

ISBN4-88683-545-7